弋舟作品

刘晓东
系列

所有路的尽头

弋舟

——

著

作家出版社

弋舟

当代小说家，著有长篇小说《蝌蚪》等多部，

中短篇小说集「人间纪年系列」等多部。

在诗人阴影下，

经受身心的双重折磨

如何能抹平时代的落空

自序

我们这个时代的刘晓东

弋 舟

2012 年，我写了《等深》，2013 年，我写了《而黑夜已至》和《所有路的尽头》。三个中篇，写作的时候，是当作一个系列来结构的，故事并无交集，叙述的气质却逐渐自觉，重要的更在于，这一系列的小说，它们都有一个共同的男性主角——刘晓东。

当我必须给笔下的人物命名之时，这个中国男性司空见惯的名字，几乎是不假思索地成了我的选择。毋宁说，"刘晓东"是自己走入了我的小说。我觉得他完全契合我写作之时的内在诉求，他的出现，满足甚至强化了我的写作指向，那就是，这个几乎可以藏身于众生之中的中国男性，他以自己命名上的庸常与朴素，实现了某种我所需要的"普世"的况味。

时代纷纭，而写作者一天天年华逝去。我已经毫无疑问地迈向中年，体重在增加，查出了心脏病，为孩子煎熬肺腑……追忆与凭吊，必然毫无疑问地开始进入我写作的基本情绪。那些沸腾的往事、辽阔的风景，几乎随着岁月的叠加，神奇地凭空成为了我虚构之时最为可靠的精神资源。或者我的生命并无那些激荡的曾经，而我相信的只是，岁月本身便可以使一个人变得仿佛大有来历。在我看来，一个小说家，必须学会依仗生命本身的蹉跎之感，必须懂得时光才是他唯一可资借助的最为丰满的羽翼。由此，他可以虚拟地给出自己一个来路，由此，他可以虚拟地给出自己一个归途。他在来路与归途之间凝望，踟蹰和徘徊的半径才会相对悠长，弹指之间，无远弗届；那种一己的、空洞的、毫无意义并且令人厌恶的无聊书写，才有可能被部分地避免。

天下雾霾，我们置身其间，但我宁愿相信，万千隐没于雾霾之中的沉默者，他们在自救救人。我甚至可以看到他们中的某一个，披荆斩棘，正渐渐向我走来，渐渐地，他的身影显现，一步一步地，次第分明起来：他是中年男人，知识分子，教授，画家，他是自我诊断的抑郁症患者，他失声，他酗酒，他有罪，他从今天起，以几乎令人心碎的憔悴首先开始自我的审判。他就是我们这个时代的——刘晓东。

突然间黄昏变得明亮

因为此刻正有细雨在落下

——博尔赫斯

壹

四十岁生日是邢志平陪我一起过的。我们俩的生日相差无几，几乎可以算作是同一天。这样也可以说成是我陪他过的生日。四十一岁的生日，还是我们俩一起过的。今年我四十二了，邢志平却再也不能和我一起喝杯酒，继续接着往下长。他死了。

接到这个消息后，我独自出了门。天已经黑下来了，空气滞重，有股沉甸甸的分量。遁入夜色，我有种挤进什么里面去的感觉。步行十多分钟，我走进了那家小酒馆。

酒馆的老板以前是位拳击手，不过，这并不妨碍他给自己的酒馆取名叫"咸亨"。他可能是得了什么人的指点。混熟后，有次喝酒的时候我告诉他：不如叫"泰森"。这家小酒馆卖散装的白酒，下酒菜除了驴肉板肠，就只是些花生米、拌黄瓜之类的小菜。酒才是这里的主题。现在兰城这种馆子不少，在我眼里，算是中式的酒吧。我出国十多年了，几年前加入了新西兰国籍，但国内的身份一直还在。这肯定不合法，好在暂时没人追究。我是位画家，以前还做过大学教师，但这几年回到国内，却喜欢和小酒馆老板这样的人结交，个中缘由，连我自己也难以说明。

酒馆老板总是说我看上去一点都不像个搞艺术的，上辈子可能也开了家小酒馆。这说法有些宿命的味道，我乐于接受。

进门后酒馆的老板娘朝我点点头。我知道她叫小戴——老板总这么喊她。她并不小了，实际年龄可能比我还大些。但她被叫做"小戴"，却也不显得勉强。她还算是风韵犹存吧。这么说有点庸俗，但我没有其他更恰当的说法。

老板坐在老位子上。小酒馆里没有吧台，他有把自己的专座，放在墙角最昏暗的角落里。稀奇的是，这把椅子你永远无法搬动，在装修的时候，它的四条腿就被水泥固定住了。酒馆老板说，这样做，不过是为了给他自己强调出一种"稳固感"，坐在上面，他就会打消出门鬼混的念头。我觉得这个说法挺有意思的。

看到我他显得很高兴，向我摆手说："先别急着喝酒，我们来喝会儿茶。"

我就手拉了把椅子，到他对面坐下。

我们之间隔着一张松木方凳，上面有电磁炉。炉子上，是一把日式的铁壶——这个黝黑的家伙现在值点钱，好像是明治时期的。据说如今中国人已经买光了日本人的老铁壶。

"外面还能吸气吗？说是已经启动雾霾红色预

警了。"他说。

"不知道。"我说，"天黑了，眼不见心不烦。好像我们是用眼睛呼吸，而不是用鼻子。"

"说得好，对空气这种玩意儿，人其实都是用眼睛来估量的。我还可以靠手感，外面这空气，我都不知道是该呼吸，还是该当沙袋练几拳。怎么样，你看起来不大好。"

"你记得我那位朋友吗？就是跟我来喝过几次酒的那位。"

"记得，就他跟你来过。"

"他今天下午死了。"我说。但口气不对。除非死了的这个人真算得上是我的朋友，否则说到他的死，我的口气不可能对。邢志平真的不能算是我的朋友吗？这事儿以前我没琢磨过，现在说到他的死，口气暴露了我的真实感受。但我又的确觉得有点不对，实际上此刻我绝非是无动于衷的。"听说是跳楼了。"我说，"我跟他也好久没联系了，正巧今天突然想起点事，找别人问他的下落，结果就得到个死讯。"

"真是巧。"他说，"算了，咱们别喝茶了，我陪你喝酒吧。"

我们移坐到一间格档里。酒馆一共不过六间这样的格档，敞开式，里面顶多能对坐四个人，是火车车厢那样的格局。此刻没有其他客人。小戴给我们端来了小菜和酒。酒是二两一壶的散装高度酒，我们聊了几个小时，喝了大约有"无数"壶。当然，我喝得多一些。我忘了和对面这位前拳击手究竟说了些什么，但气氛不错，聊的时间长，沉默的时间更长。我肯定说起了邢志平，这毫无疑问，因为他死了，不过是几个小时前的事儿，在我的感觉里，此刻说不定还余温尚存。

"为什么？"他问我，"干吗要跳楼？"

"不知道。"我说，"只能是活够了吧，觉得走到头儿了。"

"没错。"他赞同这个答案，"知道我为什么将那把椅子固定住吗？还有个原因，我把它当成个拴马桩了，我让它拴住我。我害怕一旦没了束缚，我也会一头扎到路的尽头去。"

有时候我们会彻夜长谈。我觉得我喜欢这个前拳击手。一望而知，他那张伤痕累累的脸，就让他显得是个有故事的人。我并不热衷别人的故事，也不热衷一张伤痕累累的脸，我只是喜欢有故事的人。我觉得，作为偶尔的聊天对象，这样的人通常都很可靠——彼此之间不用过多的说明，依靠岁月给予的经验，就能达到某种心领神会的默契。在国内的日子，有些夜晚我就是在这儿度过的。打烊之后仍然不肯离去，那时候，所有的灯都熄灭了，就剩下我们头顶的那盏灯在明明灭灭。有的时候，太阳都已经升起，我们还没散，酒馆老板就穿上曾经的拳击短裤，我们沿着黎明的街道默默地跑上几公里。酒后长跑，在他，可能是出于常年养成的习惯，在我，却完全是拼死一搏的心情。那样的时刻，肉体的能量被压榨到了极致，就像一个极限跑，尽头若隐若现，而我，不过是沉溺于这种"尽头"的滋味。

今晚他不在状态，早早趴在了酒桌上。最后两个客人在半夜两点多钟互相搀扶着走了。小戴锁了门，把椅子一张张放到桌子上，方便第二天打扫。然后她过来坐在自己丈夫身边，用他的酒杯和我干了一杯。我依然亢奋，觉得还能喝下"无数"壶酒。

"我的一个朋友死了。"我说。

"我知道，"她说，"你们聊天我听到了。"

"我们俩同岁，差不多生日都是在同一天，他陪我过了两个生日。"我几乎是脱口而出了连自己都觉得有些惊讶的话，"他死了，我就觉得跟自己死了差不多。"

这话很矫情，算是酒话。我和邢志平之间，毫无这种生死之谊。但此刻我也并不觉得是在夸大其词。我只是有些吃惊，惊讶于一个人的死，会在这种程度上波及到我的情绪。

"他是跳楼的吗？"小戴为我斟上酒，"你觉得你也会跳楼吗？"

我还真是认真想了一下，如实说："不会。"

我是个酒鬼，在最消极的时候动过死念，但跳楼这种方式，似乎不在我的选择之内。

"那你们没有可比性，不要硬和自己联系在一起。你不要给自己这样的暗示。"小戴点起了一支烟。在我眼里，她也是个有故事的人。"可能的话，你该去了解一下他为什么要去死，这样你就知道了，死和死可能并不一样。"她说。

"会不一样吗？"我固执起来，闷头喝下自己的酒，"死都是一样的，不一样的只是死法。就好像，路都是不一样的，但所有路的尽头都一样。"

小戴凝眉思考，过了一会儿她认可了我的固执。"好像也是。"她说，"以前我是个唱戏的，戏里所有的角儿，死法各不相同，但在台上表演，我从来都用一种方式。"

于是我们干了一杯。

酒壶空了，小戴去灌酒。我隔着窗子看外面的夜色。路灯下的夜晚，像塞满了破旧的棉絮。我手腕上有表，但我懒得看，我根本不想知道现在几点了。我想可能快凌晨四点了。那么此刻，是新西兰的清晨，儿子该去上学了。

"听首歌吧。"小戴拿着酒壶回来，"郝蕾唱的。你听过她唱的歌没？"

"没有。"

"是个演员，不怎么唱歌，这首歌是她主演的电影里的插曲。"

"听听吧。"

"是电影原声，我看片子时候用手机录的。网上有单曲下载，可我还是愿意自己录下来听。"

"这有什么差别？"

"不知道，反正我喜欢这么干。你会喜欢这首歌的。"

"听了才知道吧。"

"可能我是喜欢自己录制出的那种毛毛躁躁的声音吧，听的时候，就能想起当时看片子的感觉，那个时间段，算是我自己的，不像下载的，是公共资源。烟缸呢？"

我们找了找烟缸，刚才它还在桌面上。原来在老板的怀里，他趴在桌上睡觉，不知道什么时候把烟缸划拉进了臂弯里。桌面上有很多烟头烫下的疤痕，酒鬼们喝到最后，从来就不会去找什么烟缸。

"你还喝得下去吗？今天晚上你喝得不少了。"她摸出自己的手机，在上面翻找那首歌。

应该是喝得不少了，但我觉得自己还行。在这里喝酒，我从来不计算斤两，只用自己的酒意来估量，每次结账，都是固定的三百元，这是个衡量我酒意达到饱和度的指标。我觉得这很便宜，用三百块钱就可以获得一个夜晚的安慰。"喝着看吧。"我说。

"我只能再陪你喝一壶了，前面陪其他客人喝了点。好了，找到了。"

对我笑吧笑吧

就像你我初次见面

对我说吧说吧

即使誓言明天就变

享用我吧现在

人生如此漂泊不定

想起我吧将来

在你变老的那一天

手机录制的效果差强人意，歌手的发音也是含混的风格，节奏很快，里面夹杂着隐约的喘息，不知道是电影的原声还是录制的环境使然。

过去岁月总会过去

有你最后的爱情

过去岁月总会过去

有你最后的温情

"真好听。"小戴说。

所有的光芒都向我涌来

　　所有的氧气都被我吸光

　　所有的物体都失去重量

　　我都快已经走到了所有路的尽头

　　我给自己斟酒，酒水漫出酒杯。最后总是这样，喝一半洒一半。我把酒杯举在嘴边仰头喝下，又有一半倒在自己的下巴上。

　　"所有的氧气都被我吸光。外面现在就缺氧。这段你能听清吗？——我都快已经走到了所有路的尽头。"小戴给我提词儿。

　　"你一说我就听清了。"我果然听清了，最后那一句的发声，像一个悠长的叹息，以一个类似"啊——唉"的气声休止。"再放一遍。"我说。

　　小戴又放了一遍。

她说："如何？"

我和她干杯，说："我还想听一遍。"

"想起我吧将来，在你变老的那一天。这句我也喜欢。"

"再放一遍，我慢慢听得懂词儿了。"

于是小戴按下了循环播放的模式。她独自喝下一杯，问我懂不懂她干吗要放这首歌给我听。我只得点点头，我觉得我好像是懂。

"我都快已经走到了所有路的尽头——这就是你那位朋友的问题，他走到头儿了。"

"为什么？"

"所有的氧气都被人吸光了嘛！不过他可能死得并不痛苦，喏，他一定也有过跟谁的初次见面，有过跟谁的最后的温情。"小戴说，"妈的，就是这么回事儿。"

我吃了一惊，不知道是因为她给出的答案，还是因为"妈的"。

"喂，"她说，"如果你困了，就拼张桌子睡，这儿挺暖和的，暖气不错。"

"我想还是回去睡吧。"今天有些特殊，前拳击手先趴下了，还死了个人。我想我不能通宵留在这里了。

"你没问题吧？外面现在的空气你得花双倍的力气才能挤回去。"她朝窗外看了看，"像是有群看不见的胖子横在路上。"

"没事儿。我觉得这回天亮的时候，我最好在自己的床上醒来。"

"为什么？这回有什么不同吗？哦，你刚死了位朋友。"

"可能是的。嗯，就是，没错。人有的时候，完全被某些看似无关的事儿决定。你有过这样的时候吗？——突然发抖，原因却只是，也只是：黄昏突然变得明亮，因为正有细雨落下？"我感到了自己的酒意，它突然达到了"三百块"的那个强度。而神奇的是，此刻窗外似乎真的也突然随之一亮。但是，没有细雨落下。我在饱和的酒意中，依然格外清醒地意识到，这个有关明亮与细雨的说法，是邢志平曾经说给我的。邢志平曾经告诉我：当年他去大学报到，第一次出门远行，孤身一人坐在火车的车厢里，向车下送行的父母挥手作别，火车启动的一刹那，昏暗的车厢突然变得明亮，因为车外正有细雨落下。于是随着细雨的降落，随着火车的启动，他开始瑟瑟发抖……他把突然的明亮和突然的细雨，看作是自己突然发抖的原因。"可这能成为突然跳楼的原因吗？"我喃喃地说。

"如果真想知道，你就去找一下答案。"小戴说，"不过你真的不会也从楼上跳下去吧？嗯？不会吧？"

"不会。"

"那就好，千万别！觉得难过，就来喝杯酒。喝酒就是有这点好处，它能让你觉得路还没到头儿。"

"说得真好。"我由衷地说。我酗酒，这是我如今一切困境的总和。对此我无法给出一个说得过去的理由，但小戴的这句话，我觉得充分极了，她响亮地给出了一个理由。这就是和有故事的人一起喝一杯的意义所在。

"我再给你灌一壶，再给你装点花生吧。不过拎着上路，人家没准会把你当成个送外卖的。"

"不用了，我喝够了。"

"说不定回去你酒瘾又上来了呢？"

"不会，谢谢你。"

我摸出三百块钱递给小戴。走出去的时候似乎真的是迎面和一个隐身胖子撞在了一起。小戴隔着窗子向我摆手。往家走的时候，我脑袋里飘荡着那首歌的旋律和零星的歌词。"我都快已经走到了所有路的尽头。"啊——唉！

　　我回到家里，并没有直接上床。家里还有半瓶紫轩葡萄酒，我对着瓶子喝了一口，觉得是喝了口糖水。然后我还画了会儿画，最后不知不觉地昏迷过去。

贰

醒来的时候，我发现自己躺在房间的地板上，颜料蹭得全身都是。这一刻，是我生命中那些最宁静的时刻。我静静地躺着，心神澄明。渐渐地，意识在恢复。房间渐渐变得明亮。我举目看向窗子。果然，窗外有冬雨正在落下。雨水浑浊，但依然将窗玻璃冲刷出了细密的水痕。

　　我觉得自己现在就是一个对世界毫无概念的儿童。没有恐惧，没有热望。有的，也许只是一点点的好奇。

　　我躺在这难得的时刻里，脑子里渐渐全是死去的邢志平。这谈不上回忆，没有回忆之时那种应有的情感温度。我只是不自觉地被一些意识填满。

在我们其实并不多的交谈中，邢志平最多对我提及的，大多是他的童年。第一次我们一同过生日时，他对我说，在很多时刻，他都觉得自己是个期望不被世界惊扰的儿童。但不被这个世界惊扰，绝对是个奢望。他说他从小就是个好孩子，比如说考大学这件事，母亲让他报考生物专业，父亲让他报考历史专业，为了讨好他们两个人，邢志平就两个专业一起报，结果却录取到中文系。那一年，周围邻居的孩子们被大学录取的寥寥无几，而邢志平家，却可以像在菜市场买青菜一样地挑拣专业，他的父母根本不用担心自己的儿子是否会落榜。

可能这对父母也认识到他们的儿子真的太令人省心了，如今离家求学，反倒要令人担忧。最后他们决定让儿子只身一人去学校报到。他们的逻辑是：该让邢志平自己去广阔天地中经历风雨了，作为第一次历练，就让从未出过远门的儿子，一个人跨越上千里的路程，走进大学，走进风雨。

　　父母的决定让邢志平惶恐。他给我回顾了自己的成长经历，说他真是一株温室里的花朵——居然从来没有一个人离家超过三十公里。而且，唯一的那次三十公里的"远行"，还给他留下了灾难性的记忆。十岁那年的暑假，他被送到三十公里以外的外婆家住。外婆的一位邻居，一个中年女人，每次见到邢志平，都会像一只老母鸡似的，张开翅膀，咯咯咯地扑过来，不是在他脸上拧一把，就是在屁股上拍一下。邢志平幼小的心灵对这种骚扰非常憎恶。他天生是一个内向的孩子，排斥开玩笑，更排斥恶作剧，他很羞涩，过分的亲昵比过分的冷淡更能令他不安。那一天，这个母鸡般的女人又一次袭击了邢志平。她用一只粗糙无比的手按住邢志平的肩膀，控制住他，另一只粗糙无比的手闪电般地直插邢志平的短裤，挤进去，在他的小鸡鸡上凶狠地揪了一把。这太令邢志平震惊啦，一颗幼小的心几乎滴下血来。邢志平认为自己蒙受了奇耻大辱，在十岁的年纪上就痛不欲生。于是，他采取了激烈的报复——把鼻子里的鼻涕吸进口腔，充满仇恨地吐出去，飞向那张咯咯大笑着的嘴里。这口鼻涕是儿童所有的勇气，随着它的离去，邢志平一下子丧失了全部斗志。他飞快地跑掉。他需要远离魔鬼的视线。于是邢志平挤上了返城的长途客车，擅自离开了外婆家。三十公里的路，对于一个十岁的儿童意味着什么？一路上邢志平恐惧万分，诸多邪恶的童话和传说在脑袋里此起彼伏，让他对自己的行为后悔莫及。他说他宁愿没有那么豪情万丈地反击过魔鬼，甚至觉得那个女人也没有那么令人厌恶，被她揪一下小鸡鸡又如何呢？如果可以让一切都像没发生过一样，他甚至宁愿被她再揪一次。一进家门，父亲在惊愕之余，却爆发出了令邢志平终生难忘的愤怒。他原以为回到家里就会得到安慰，就会成为父母的甜心宝贝，就会重新去做回一个无辜的儿童，未曾想到，得到的却是一顿疾风骤雨般的痛打。那个父亲的确是被吓坏了，儿子的自行其是让他后怕不已，他不得不用痛打儿子一顿来舒缓自己的情绪。

邢志平对我说，儿童时代的他做下这样鲁莽的事情，有理由吗？没有。他怎么能够说出理由呢？那是多么令人难以启齿，他该怎么去给父母形容那个女人？怎么去诉说她卑鄙无耻的行径？怎么形容这个世界所能给予人的那种惊扰？他说不出口，只好被痛打一顿。当天夜里邢志平就大病了一场，患上了严重的肺炎，高烧不断，在高烧里噩梦不断。从此，就落下了病根——每当面对重大的心理危机，他心理的负担就会转化为生理的疾患。

如何去大学报到，邢志平只能接受了父母的决定。乖孩子无法违抗父母的安排，只有怀揣一颗惶恐的心，踏上未知的远方。

邢志平说，他永远记得自己孤身一人坐在车厢里，苦着脸，向车下的父母挥手作别的情景。火车启动的一刹那，昏暗的车厢突然间变得明亮。因为黄昏中的车外落下了细雨。随着细雨的降落，随着火车的启动，他开始瑟瑟发抖。他发抖，首先是基于恐惧，然而除了恐惧，还有其他明确的原因。他说他可以感觉到心里面确凿地存在着某样东西，它让他颤抖不已。邢志平不知道那是什么，但这个家伙根深蒂固，不以人的意志为转移。

……

我听到一种"哒哒"的声音。过了很久，我才意识到这是自己在轻微地发抖——我的右胳膊肘压着一根画笔，随着我的颤抖，它一下一下地和地板撞出"哒哒"之声。我知道我的颤抖是由于酒后身体的失控，但此刻我也分明地感觉到了，有一个莫须有的家伙，瑟缩在我的体内，和酒精的余威一起，共同使我觳觫不已。

看了看时间，已经是下午两点了。我爬起来，脱下身上被油彩搞脏的衣裤，统统扔进垃圾袋里。我依然在发抖。进了卫生间，打开淋浴喷头，咬咬牙，将赤身裸体的自己置身在冷水的冲刷中。很奇怪，被如此严厉地折磨，我却不抖了，只是激烈地打着冷颤。这完全只是生理上的反应了。冷水像刀刃切割着皮肤，我紧紧闭上眼睛，体会着那种濒临绝境的"尽头"的滋味。

冲完冷水澡，刮了胡子，我给自己冲了杯咖啡喝下，然后穿起衣服出门。在楼下的银行，我向新西兰转了三万美金。这是我最近卖画的收入。现在应该是新西兰黄昏的时候了。我想打个电话给妻子，但想一想还是算了，好像我此刻浑身散发出的那种宿醉的气息，都能被她从越洋的电话里闻到。我不愿意让她知道我依然酗酒。我回到国内最大的借口就是，我想让她相信，只有在中国，我才有可能戒掉酒。我的妻子是白种人，她不会理解一个中国酒鬼的悲伤。这不能苛求她，她无法分辨一个中国酗酒者与盎格鲁撒克逊酗酒者之间那种巨大的不同。她的同胞也有这样的麻烦，在新西兰，有专门为酗酒者组织的团体，通过彼此交流，通过专门辅导，甚至通过神父，来帮助这些倒霉的家伙。但这些对我都无效。我试过，曾经成功戒酒一年多的时间，但是，后来又喝上了。没有什么诱因，如果非要说有，那么，就是"突然间黄昏变得明亮，因为此刻正有细雨落下"这样的一些理由。

我知道有个家伙蛰伏在我的身体里，它会在任何这样的"突然"时刻，爬出来，荼毒我的生活。

我进到一家卖砂锅的小餐馆，为自己要了份什锦砂锅，一边吃，一边把电话打给了褚乔。褚乔是我的校友，在国内，是不多几个和我保持着联系的人。昨天就是他告诉了我邢志平的死讯。我在电话里问他在哪儿，方便的话我想去和他见一面。他说在学校。

吃完砂锅我动身去自己的母校。老褚毕业后留校了，现在已经是副校长。

雨停了，但空气像是混了沙子的水泥，更加显得沉甸甸的。出租车司机一边诅咒着，一边拉低自己脑袋上的棒球帽，我不由自主也摸了摸自己的脑袋。但是一无所获，出门时我忘了戴一顶帽子。

我的母校是一所师范大学。如今这里只是研究生院了，本科生都迁到了新的校区，里面早已不复从前，但校门依然是从前的样子。幸亏如此，否则我将很难再给自己找到一些情感上的依据。我对母校有情感吗？不知道，但有个依稀相识的校门，总比没有强。有个老旧的校门，对我一点伤害都没有，而钟情与否是另一回事。这个国度如今我都难以辨认了。这个世界，越来越不由分说地将人变成一个寄居者。

老褚的办公室在一栋老楼里。进去的时候他刚送走一位来访者。

"又死一个。"他倒了杯茶给我，"不过是位老先生，刚才就是家属来报丧。这空气，一到冬天就得死很多老人。"

"这些事儿都得你管？"我盯着眼前的老褚，他是学国画的，当年便才华横溢，是学生中的翘楚。我是说，他原本能成为一个杰出的画家。

"做行政了，就是这些鸡毛蒜皮的事儿。"

"邢志平的事你是怎么知道的？"问完我才恍悟，原来老褚还当着校友会的主席，"谁跟你汇报的呢？"

"尚可，你可能不知道这个人，文学院的教授，当年是邢志平的班主任。"

"怎么校友死了也要给你汇报吗？"

"怎么会。"他说，"可能是想让我通知一下大家吧，看看有没有人愿意出席葬礼。"

"葬礼是什么时候？"

"明天。怎么？你要去参加？"他狐疑地看着我，"你们没那么熟吧，他是中文系毕业的，连我都不太熟。"

"不熟。可他生日跟我差不了几天，我们一起过了几个生日。"

"过生日？"老褚眼睛亮了一下，"你们这是唱的哪出？"

"他可能是从同学录上看到了我的生日和联系方式。于是某一天，突然给我打来了电话，约我一同过生日。"

"真有意思，这个人真他妈有意思。"

我点点头表示认可。"昨天给你打电话问他的下落，就是因为我生日又快到了，却没了他的消息。他的手机无人接听。"

"你什么时候打给他的？"

"打给你之前。"

"那当然无人接听了。有人接听才叫吓人。"他说，"你们俩还真是心有灵犀。没准他就是挑了这么个日子去死呢。"

"也许是。可他干吗非要去死？"

"路走到头儿了呗。"他的这句话让我一怔。"没什么好奇怪的，所有自杀的，都是路走到头儿了。当然，各有各的路数，但殊途同归，不管你的来路是什么，归途都是一样。这些年咱们同学中又不是死了一个两个，每年都有几个走到头儿的。"他可能意识到了自己口气的不妥，顿了下，继续说，"不过邢志平这事儿还是让我有些惊讶，我想可能他的确是不堪病痛了。"

"他有病？"

"你不知道吗？我以为你比我更了解他一些呢——毕竟你俩还一起过生日嘛。"他坏笑起来，"我也是偶然知道的。我老婆是个大夫，有一次咱们校友聚会，邢志平摸出张化验单让我老婆看。原来是张'乙肝'检测单，其他项目都盖着'阴性'的戳，只有'表面抗体'一项，被敲上了'弱阳性'。邢志平就是针对这个'弱阳性'向我老婆求教的。我老婆很专业地告诉邢志平，没事的，一点问题都没有，放心吧，以前注射过乙肝疫苗吧？这个结果只是说明体内抗体的数量不够了，接着再注射一次疫苗，那样就恢复常态了。"

"就这点病？他会为这个去死？"

"当然不是。当时我也不知道他正面临更大的麻烦。这次聚会，邢志平亮出的那张化验单，就是手术前常规检查的一项结果，可能那时候，他已经知道了自己身有重症，可能他接下去，还很想跟大伙说说他的恶疾，但却让我给堵回去了。"

"堵回去了？"

"邢志平这个人我并不熟，读大学的时候大家不是一个专业，只是这些年在类似这种聚会中见过几面，才彼此有了些印象。"他做了个没什么意义的手势，"说实话，我对此人的感觉一般，究其原因，无外乎他看起来比我们大家都要混得好一些。当天他在得到我老婆的点拨后，神色并没有释然。他这个人总是这样子，每次聚会都是一副落落寡欢的模样。对此，大家只能这样理解：富人嘛。这样说起来，做一个富人也委实有些难，愉快了不对，忧郁了也不对，反正大家多少都会觉得一个富人不怎么顺眼。基于这种心理，我就认为邢志平不太地道了，喏，我老婆给他的起码算是个好消息吧？就算他是个富人，对于一个好消息也该有所表示吧？笑一下，或者起码把锁着的眉头舒展一下，不过分吧？何况，我老婆在给他解答的时候，的确是称得上热情啦。所以当时我拍了拍邢志平的后背，张口便来了一句，我说，老邢你现在就是个'弱阳性'男人。"

"弱阳性男人？"我重复了一遍这个称谓，眼前浮现出邢志平的样子。的确，记忆中这个毛发柔软、脸色白净的男人，实在是，太弱阳性了。

"这句话当然算是个玩笑，一出口，我自己觉得堪称神来之笔。用'弱阳性'来定义邢志平这个人，实在是很恰当的。"老褚叹了口气，"当时其他人都夸张地笑起来，笑得是有些离谱了，超出了一个玩笑所限定的那种程度。没办法，谁让邢志平看起来比大家都要混得好一些呢？"

"他跟我说过，他从小就是个排斥玩笑和恶作剧的人。"

"是吗？可你看，外面现在这空气，里边除了有害颗粒物，大概就是玩笑和恶作剧了，有什么超级仪器的话，肯定能检测出来。除非他不呼吸，否则只能接受。"

"有点道理。当时他是什么反应？"

"还好吧。他也笑了。原来他一笑，居然会显得那么温顺。"我觉得老褚不知不觉严肃起来了，神情似乎有些伤感。

我的身后挂着一幅油画，应该是毛焰的作品。这位画家的画风我很喜欢，作品中极端的技巧主义倾向彰显了画家卓越的感受力，我觉得这种家伙，从某种意义上讲，和我、和邢志平都是同类，都是那种会为"天空突然变得明亮"而颤抖不已的家伙。顺着老褚的目光，我回头看了一眼，一看之下，不由得大吃一惊。身后这幅油画中的人物，像极了我们正在谈论的邢志平——毛发柔软，脸色白净，两条宛如鹭鸶一般的长腿，有点像个谨慎的吸血鬼。我不自觉将坐姿调整了一下角度，让我显得像是介于某个三人对话的格局里。我难以忍受自己的背后还站着个人。

"我发现，把邢志平放在戏谑的气氛中，他一下子变得比较让人顺眼了。如果我们把一个看起来混得好一些的人调侃一番，我们与这个人相处就会和睦不少。大家都觉得自己的腰杆在邢志平面前硬了一些，贬损了他作为一个富人的优势。"老褚继续说，"但是，在对邢志平实施了这种比喻意义上的暴力后，我突然感到了一阵内疚。邢志平一边温顺地笑着，一边抖动那张化验单，那样子，挺让人不忍心的。"他闭了会儿眼睛，仿佛难以面对我身后的那一位。"但是，我也没办法跟他太亲昵，一来大家并不熟，二来跟一个富人亲昵是要冒舆论风险的。"他说。

我再次回忆邢志平。的确，第一次见到这个人，我也是在校友的聚会上。他出现在大家面前，这个白白净净的商人让大家感到陌生，没人知道是谁邀请了他。后来总算有人想起来了，拉着人小声嘀咕：邢志平，他是邢志平，89级的，现在牛逼了，是个书商。这样邢志平无形中就成了聚会中的异类。在一群"不牛逼"的人当中，一个"牛逼"的人有什么好果子吃呢？况且，他还是个书商。师范毕业，这帮留在国内的同学，大多是吃书本饭的，饱受出书之苦，如今一个书商混了进来，他们没理由不冷眼相看。邢志平坐在角落里，安静地听着昔日同窗们对时代发牢骚。有时候他也会主动和人交流一下，比如摸出张化验单向老褚的老婆请教。

"这类聚会上有一个重要的内容，就是老同学们扎个堆，互相收集笑话，在要解闷的时候不至于张口结舌。所以大家普遍地言辞轻佻。"老褚像是在自责，"我就是在这样的气氛之中把邢志平说成是一个'弱阳性'男人的。但是邢志平的温顺让我内疚了。也许对于一个'牛逼'的人心生恻隐，是一件能令我沾沾自喜的事？谁知道呢。"

"他究竟得了什么病？"

"乳腺癌。"老褚说出了一个令我匪夷所思的病，"吓了一跳吧？我也被吓了一跳。是我老婆告诉我的。后来有一天我老婆回来对我说：你们那个'弱阳性'同学生病了，就住在我们医院。我想了一阵，才明白我老婆说的是邢志平。我老婆说邢志平刚刚切除了一只乳房。据说，这种手术每实施两万起，才有一起是落在男人头上的。真背，这样的彩票也能被邢志平中上。"

我感到自己又抖起来。我想到了自己曾经的某个手感。我的手，曾经被邢志平拉到他的胸口……

不错，一个男人的胸口，空空如也，还会怎样呢？可我当时极度震惊。现在我知道了原因——原来，那手感是太空空如也了，超过了一个男人胸口的空旷，我觉得，我是直接摸到了荒芜。

"知道了实情，我就不免自责了，捉弄一个身有疾患的人，算个什么事呢？我多少有些不安，都觉着是自己那个'弱阳性'的比喻诅咒了邢志平。要知道，男人的乳房虽然比起女人来，风险小得多，可一旦发作，恶化的速度和程度都要比女人高得多。我老婆告诉我，倒霉的邢志平住在医院里却并不悲观，起码没有怨天尤人的意思，证据是，邢志平替一名素不相识的农村妇女承担了高昂的手术费用。那个贫穷的妇女，生命就像发生病变的乳房一样岌岌可危。是邢志平拯救了她。后来我买了个花篮去医院看望邢志平，这是我能对他表现出的最大的善意了。"老褚摊开手说，"没办法，我只能做到这一步了。谁能想到，最终他还是没挺过去，干脆在昨天一死了之了。"

"这可能就是他的死因了。"

"也不一定，他出院后还参加过校友的聚会。何况一个男人没了乳房，在我看来也不是什么要命的事儿。谁知道呢，我只是这么猜测。"

"明天你去参加葬礼吗？"我问。

"去吧。本来明天我还有其他事儿，不打算去了。可是跟你这么说了说，我还是决定去送一下吧。"老褚突然感慨道，"我们这代人挺不容易的……"

他说到了"这代人"，突然就赋予了邢志平之死某种普世的况味。我觉得没什么好说的，问了下葬礼的具体地点，起来和他握手告别。出门的时候，他叮嘱我快些送他幅画，说我答应他好久了。

叁

时间还早，我不知道该怎么打发自己，在路上独自走了一会儿，还是打车回了家。本来我打算画会儿画。画架上的那幅作品已经到了收尾的阶段，我想画到天黑前，没准我能完成它。但是我无法沉浸到绘画中去。我感到有些焦灼，在房间里四下走动。

　　这套房子是我回国后租下的，一百多平方米，足够安顿下我的一张床和我的画架，搬进去几箱子酒，也不在话下。房子估计有二十多年的历史了，当初那个年代，一百多平方米的房子，绝对算是奢侈。但如今却很是破旧。主要是环境不好，周边的治安、交通都很差，更像是被城市遗弃的一块飞地。不是我租不起更好的画室，我的画儿卖得还不错，是这种"飞地"的气息，更加符合我归国时的预期。否则我可以去北京或者上海，而不是回到这大县城般的兰城。

在房子里转了许久，我终于出门在楼下的小超市里买了瓶酒，半斤装的小糊涂仙。重新上来后，我觉得自己踏实多了。这会儿我并不是特别迫切地需要酒精，但有瓶酒放在手边，就令我安心了不少。我打开了电脑，有几封电子邮件，妻子告诉我已经收到了转去的钱，我的画商催促我早些完成预售出去的作品。我觉得他们就像一对均衡的括弧，完整地括定了我如今活着的价值。

有人敲门，是速递员。我开门接了包裹，是一些画廊寄来的画册。对这些画册我毫无兴趣，倒是包裹上贴着的纸条令我瞩目：亲爱的速递员，您辛苦啦！不是吗？很人性化。

这让我倏忽想起了邢志平。我想，邢志平走进我的世界，就像一件突如其来的速递包裹，本来我对里面的内容并无兴趣，但是他却披着件很人性化的外衣。他在一个黄昏拨通了我的手机，开口便祝我生日快乐。我花了些时间才隐约想起，电话那头的人，是我的一位校友。他说他第二天愿意来和我一同过生日——"提前一下也无妨，我们一起过吧，我只比你小两天。"他说，"你一个人在国内，肯定很寂寞。我们可以一起喝杯酒。"我不能确定自己是否需要有个人来陪着我过生日，当然，我很寂寞，可是，这寂寞还用不着以这种方式来排遣。是他最后那句"喝杯酒"的倡议打动了我。当时我自己正在独饮。那么，干吗不呢？

于是，第二天邢志平便出现了。我们约在那家咸亨酒馆见面。地点当然是我定的，见面之前我不能确定他是否找得到，我想，十有八九，他会被我栖身的这块飞地复杂的地理环境搞晕的。这像是在考验他的诚意，也说明对于他的赴约，我并不抱多大期望。孰料他却如期推开了小酒馆的门。那时我已经在里面落座了。他推门进来，在我心里居然唤起了某种久违了的温暖。这可能的确是有些出乎我的意料，也可能的确是我太寂寞了，这种凭空而来的陪伴，一下子打动了我。

我们并不熟，甚至可以说成是两个陌生人，但正是因此，和他相对而饮，却令我感到非常舒服。我们之间流动着一种完全透明的熟稔，不用废话，就是一杯浊酒尽余欢，相逢何必曾相识。我想，这可能也是邢志平所需要的状态。那么，他也很寂寞吗？我想是的，这毫无疑问。他的酒量很一般，几杯酒下去，便已经满脸猩红。我让他不必勉强，他也很听劝，举杯郑重地和我碰了最后一下，再次祝我们生日快乐，一饮而尽后，就再也不喝了。他只是热烈地注视着我，仿佛专注的态度也是烈酒，聚精会神，也能让他酣醉。没人会觉得我们这两个中年男人是在一同过生日，那很滑稽，在别人眼里，我们不过是一对酒鬼。这很好，也足够了。

我喝着酒，邢志平跟我讲起了他的童年，讲起了他当初离家踏上求学之路时的心情。我在酒意中感到他的叙述似乎能够和我的某些经验重叠。和他一样，我也是个从小内向的人，很羞涩，过分的亲昵比过分的冷淡更能令我不安。他十岁那年的逃离之路，堪比十几年前我的去国之路。那时候，我也一路上恐惧万分，脑袋里此起彼伏着诸多与邪恶的童话、传说相仿佛的想象，在飞机上，我也曾对自己的行为后悔莫及，甚至宁愿没有那么豪情万丈地反抗过什么，甚至觉得过去的一切也没有那么令人厌恶，"被揪一下小鸡鸡又如何呢？"如果可以让一切都像没发生过一样，我也甚至宁愿回去被再揪一辈子。同样，当我落地异国的时刻，世界迎接我的，也不是那种我所期待的安慰，毋宁说，迎接我们的，都是一顿疾风骤雨般的痛打……

这听起来有些伤感。可我并不想唏嘘喟叹。好在邢志平的情绪也很矜重，完全符合我喝酒时需要的气氛。我们只是有一句没一句地陈述，就像酒的主要化学成分，高级醇、甲醇、多元醇、醛类、羧酸、酯类、酸类……除此之外，它并不含有什么诗意或者悲喜。

分手的时候，邢志平塞给我一块石头，说是他自己从新疆捡来的和田籽玉，品相还行，可能不值几个钱，但觉得用来给我做生日礼物挺不错。这让我有些不知所从，我想不到还会有生日礼物这个环节。我收下了这块石头，然后告诉他，对不起，我没给他准备什么，但是下个生日我会补上。这样就算是预定了我们第二个生日的相聚。

其后一年我们彼此再无联系。邢志平在来年的生日之际，如期而至，在电话里向我说：我来要我的礼物了。

我觉得这很好玩。我们再一次相聚在咸亨酒馆，这一回，我送了他一幅小画。这幅画有些色情，尽管绘画语言含混，但谁都看得出我是画了一只大猩猩和女人交媾的场景。邢志平看到的那一瞬脸色突然变得不自在。我想，如果不是脸上已经有了猩红的酒色，他的脸一定会变得煞白。他的反应令我不解。我觉得，即便不喜欢这样的作品风格，他也不至于要勃然变色。他呆愣了很久，镇定下来后，对我说，他此生目睹到的第一个性爱场景，和我的这幅画如出一辙。这时候他已经平静如初，而我，也无意探究他的成长史。我说，如果不喜欢，我可以换一幅给他。他却断然否定说，不，他很喜欢。

　　有来有往，我和邢志平之间，这样就似乎达成了某种约定俗成的交情。

　　接下来我们又见过一面。他在一个深夜突然敲响了我的房门。他从未来过我的画室，记忆中我也不曾跟他提及过具体的位置。那么，他是如何找到的呢？这个答案现在只能永远未知了。那时我已经烂醉如泥，我都记不得是怎样开门放他进来的。我只记得，在间歇性清醒的那些短暂时刻，我发现身边有个人怡然地和我并排躺在满是油彩的地板上。我觉得我是出现了幻觉，因为那时我在天花板上看到了高峰之下的村寨和蓝色的天空，耳朵里也听到了时远时近的鸽哨。我的内心里，涌动的那一种情感，苍老而遥远。在半醉半醒的昏沉中，我恍惚看到邢志平俯在我的头顶，目光充满柔情，令人心旌摇动。我有一种即将被人亲吻下来的预期，我甚至已经能够预知那样的亲吻——嘴唇冰凉而柔软，多情而缠绵。有一只手在一寸一寸地抚摸我，腋下，胸膛，肚脐，直到腹股。我的欲望逐渐被唤起，浓稠到不能自已。在欲望决堤的最后时刻，我的一只手被拉在了一个胸口上。这令我瞬间惊厥般地抽回了自己的手，强烈地表达出了拒绝的姿态。我觉得自己陡然触摸到了无尽的荒芜。那种手感太惊人了，仿佛一下子摸到了死亡本身。然后，我就听到有人踉跄着逃离了我的画室。那个人衣衫不整地冲出我的世界，也许我们的泪水，还在一刹那各自汹涌。

这更像是一个梦。不是吗？它终究是发生在我的醉酒时刻。迄今，我依然怀疑它的真实性。我对自己的性取向从来没含糊过。可我，也不能将此仅仅视为一个性梦。第二天清醒后，我想过要给邢志平打个电话，但最终还是放弃了。某种不是隔阂又胜似隔阂的情绪控制了我。我开始疑虑，这个邢志平，还会再次出现吗？今年的生日眼看到了，我不由得主动联系起他。但是，他却死了。

今天，老褚告诉我，邢志平割除了乳房。于是，我的那个记忆中的手感被鉴定了。

天色暗下来了，房间里松节油的气味格外浓烈。不知为什么，每天这个时候，我都会觉得松节油在拼命地挥发着它的气味。我有些怅惘地看着自己手里的空酒瓶，原来在不知不觉中，我已经喝光了那瓶小糊涂仙。

我本来不打算多喝，明天一大早要去参加葬礼，我想我不该带着一身的酒意。但是此刻我只能站起来出门。一路上，我反复对自己说，一壶，就一壶。

这会儿还有些早。酒馆老板不在，小戴告诉我他去买菜了。

我说："就一壶，明早我要参加一个葬礼。"

小戴为我端来了酒。"是那个跳楼的朋友吗？"
她问。

"是的，是他的。"

"搞清楚他跳楼的原因了？"

"没有。可能是因为得了重病吧，谁知道呢。
其实也都无所谓了，反正人死了。"

"什么重病？"

"乳腺癌。"

"乳腺癌？"小戴咯咯笑起来，她可能把这当成
了个玩笑。"我看你其实并不觉得无所谓，你心里
想知道他为什么要去死。"她说。

"是吗？"我喝了杯酒，居然被呛住了。那么好
吧，是的，我想知道他为什么去死，想知道他的路
是怎么走到头儿的。莫非，对于他的死的追究，就
是对于我的结局的预先眺望？谁知道呢。"再给我
放放那首歌。"我要求小戴。

"好。"小戴说着坐到了我的对面。

音乐响起来了。对我笑吧笑吧，就像你我初次见面。

"我有过一个前妻。"我说。

"哦？没听你说过。"

她当然没听我说过，我很少跟谁说我的私人生活。而除了私人生活，我们的公共生活也没什么好说的。毋宁说，我不跟人说生活。

"我们初次见面是在丽江，嗯，在束河。她也很爱对我笑。"我说，"那时候的束河，还不是什么旅游胜地。"

"艳遇圣地。"她纠正我。

"如今束河是艳遇圣地了吗？这个我倒不知道。"我使劲想了想，白云和鸽哨在脑子里回旋，"当时可不是这样，就是个保留完好的古村落。这呻吟的声音是电影里的吗？"

她一怔，想不到我换了话题。"不是吧，好像是我的声音。"她笑起来，"当时可能我们边看片儿边做运动了。"

　　"好听。"

　　"歌还是呻吟？"

　　"都好听。"

　　说完我起身离开。我已经飞快地喝完了一壶酒，那首歌播放了不到两遍。我怕逗留下去，又会是一个宿醉的夜晚。

肆

兰城的殡仪馆在山上。葬礼时间是早晨八点钟——据说这样能烧第一炉。我到得早了些。昨晚我睡得并不好，没有醉意，我反而辗转反侧。后半夜我干脆爬起来又画了会儿画。

天还没有亮透。山上的风格外大。有几个也到早了的，和我站在殡仪馆院子里的晨曦中彼此打量。也许都是校友，但大家对于自己的角色都拿不准。他们谨慎地看着我，好像那个即将被烧第一炉的人应该是我。看来真是来早了，大清早的山上，谁能对什么事情有把握？

老褚到了的时候，那间告别厅的大门正缓缓打开。他冲我点了点头，和我并肩向里面走。这时候我才发现前来参加葬礼的人并不少，可能有二十几个人。当然，算不得盛况空前，但也超过了我的估计。一些躲在晨雾里的人簇拥着浮现，面目模糊，鱼贯而至。人群进去后自动地分成了三排，我和老褚站在了队列的最后面。

邢志平的照片挂在灵堂的中央。如果我不是来参加他的葬礼，我可能不会看出这张照片和邢志平的关系。在我眼里，这张照片说成是任何人的，似乎都交代得过去。照片是黑白的，上面的人很年轻，也许就是一张曾经用在学生证上的照片。上面的那个年轻人，穿着白衬衫，扣子一直系到最上面的一颗。这就是一个二十世纪八十年代所有学生的概括，羞涩、单纯，你还可以说眼睛里"闪耀着理想主义的光芒"。这种感观，当然也许还是因为我和邢志平的确不算很熟，毕竟，我们有限的几次相聚，都是在光线昏暗的酒馆里，都是在酒意的蒙眬中。

没有亲友主持这个葬礼。一个殡仪馆的工作人员扮演了主持者的角色。他穿着黑西装，戴着白手套，手里有张事先打印好的稿子。开始之前，他先低头预习了几遍手里的作业，看得出也是才拿到手的。然后，他用并不很标准的普通话读起来。他太年轻了，声音的稚嫩，实在不能匹配一场葬礼所需要的那种庄重感。他像是在晨风中朗读课文。这篇课文简略陈述了逝者的生平，将其称为"邢志平同志"。

我在他的朗读声中放眼打量。老褚碰碰我的胳膊，对我低声说："那就是尚可，可能这个葬礼就是她安排的。"顺着他目光示意的方向，我看到了前排那个女人的背影，一头大波浪的长发，给人发质很好的感觉，穿一件浅驼色的羊绒大衣。

哀乐响起，人们开始在主持者的指挥下逐个向死者的遗像鞠躬。我本来以为会有遗体，但是看来没有，不知道是不是因为摔得太烂了。第一个上前鞠躬的，是一对母子。老褚一边和我缓慢地随着队列移动，一边介绍："邢志平的前妻和儿子。"我有些惊讶。似乎邢志平其人，在我的概念里，并不应该具有这些尘世的关系。这当然没什么道理。谁会在这个世上是真的独来独往呢？"她叫丁瞳，也是我们的校友。"老褚低声说。

丁瞳很漂亮，裹在鼻子上的围巾无法掩盖她的美貌。她露出的那双眼睛，一目了然，混合着异族的血统。她身边的儿子，我更加看不出和死者的关系，我觉得说成是谁的儿子都说得过去。这对母子并没有伤痛的情绪，他们默默地在遗像前鞠躬，默默地离开。

轮到我们了。老褚和我并肩鞠躬。这一刻，我的心里没有丝毫感触。不，也许有，我想我是在向照片上的那个八十年代致哀与告别。

其后大家重新回到了院子里。还要等死者的遗体化为灰烬。有些人不知道这个程序，匆匆走了。老褚跟那位尚可老师打了声招呼，问她："骨灰怎么办？"

"先寄存在这里吧，已经通知他家人了。他母亲还活着，过几天会来带他回老家。"尚可说。

这个女人同样漂亮，作为邢志平大学时的班主任，年龄与我们相差无几。这并不奇怪，当年我们读大学的时候，有些老师正是刚刚留校。她很优雅，也性感，有种知识女性那种独特的魅力。我想，她与邢志平之间一定不仅仅只限于师生之谊，没有几个老师会操心学生的葬礼。

老褚说："回去坐我的车吧，我开车上来的。"

她点点头，目光却望向了天边。我们随之仰望。不远处有几根高耸的烟囱，其中的一根正冒出一缕轻薄的烟。我想，这可能就是邢志平在这个尘世最后的那缕痕迹了。果然，殡仪馆的工作人员不久便来告知："烧了。谁跟着去抱骨灰？"

大家面面相觑，不约而同，都把目光投向了那对母子。但是丁瞳面无表情，脸上的围巾裹得更严实了，几乎已经遮住了她的眼睛。尚可吸了口气，上前跟着工作人员去了。不一会儿，她捧来了那只骨灰盒。气氛一下子肃穆了不少，大家跟在她的身后，默默地将骨灰送往寄存处。在这个队列中，我和老褚比较靠前，我俩差不多是紧随在尚可的身后，这让我们似乎和死者的关系拉近了不少。而我此刻想着的是，那只骨灰盒，会因为主人少了一只乳房而变得轻盈了一些吗？

最后，邢志平的骨灰被安顿在了一面墙的寄存柜里。它换回来了一张写有编号的卡片。尚可将这张卡片接下，她犹豫了一下，用目光去寻找丁瞳，但最后还是放进了自己大衣的口袋里。

葬礼到此结束。我和尚可跟着老褚，准备乘他的车回去。停车场还有段距离，走过去的时候，已经有人开起了什么玩笑。上车时，我看到丁瞳母子正在上另外一辆车。他们上去了，也许是倒车有些难度，车上的司机将车窗降下来了一半，观察着外面的路况。这是个留着一脸大胡子的男人。这样的男人平时并不多见，我不免留意了一下。

我坐在副驾驶的位置上，尚可坐在后排。

老褚向她介绍我："刘晓东，也是89级的，和我是同班同学。"

我转身向尚可示意，她冲我轻微地点了下头。

然后他们就说起了学校里评职称的事，两人有着共同的苦恼，都为出版学术著作而犯难，这是评定高级职称必须满足的条件之一。老褚说："我们留在高校的这些人，如今最狼狈。你看晓东，做着自由艺术家，日子不知道比我们舒服多少倍。"

我没有接他的话。以我来看，要说舒服，此刻挤在寄存柜里的那一位，才是真舒服。

从兰城的山上驱车而下，就是一个不断坠入尘埃的过程。能见度的变化格外分明。回到市内后，老褚不得不打开了车灯。他问我在哪里下车。

我却做出了一个决定，回身向尚可说道："尚老师，方便的话，我想跟你找个地方聊一聊。"

这个请求让大家都是一愣，连我自己都有些不解。

"聊一聊？"尚可显然不明白我的意图是什么。

"是，可以的话，我想和你聊聊邢志平。"我觉得这个理由说得过去，我们刚刚参加完这个人的葬礼，他，才是这个上午的主题，而不该是什么评职称的事。

老褚很解人意，给我帮腔道："对了，晓东和邢志平是好朋友，他俩生日差不了几天，这几年都是一起过的生日。"

尚可和我对视着，终于点了头。"好吧，正好今天请了全天的假。"她说。然后她提议老褚就在前面靠边停车，说这附近正好有一家她熟悉的咖啡馆。

我们从车上下来，今天的空气特别糟糕，路灯在这个时候依然亮着，为的是给昏蒙的街道增添些亮光。老褚启动车子前，隔着车窗向我暧昧地挤了挤眼睛。

我跟在尚可身边，我们湮没在雾里。我从网上的新闻得知，今年国内已经历了两次大规模的雾霾，但尴尬的是，目前空气污染的来源尚是一个谜，国家环境监测总站表示，预计明年下半年才能完成各地污染物来源的分析。不是吗，挺神秘的。

这家咖啡馆不远。我们进去的时候里面空无

一人。坐定后，才有一个服务生匆匆忙忙出现在面前，给人戛然跃出的感觉。尚可为自己要了咖啡，问我想喝什么。我也要了咖啡。其实不用说，我想喝的只是酒。

咖啡馆里暖气充足。尚可脱下了她的大衣，她的身材保持得不错。我也脱了外套，身材没有发福，但就像个裹了布罩的鸟笼。窗外的雾霾映衬出了这个空间的明亮，给我一种内外颠倒的错觉，仿佛我们此刻是坐在明亮的室外，而窗子的那一边，才是昏暗的斗室。

"你和邢志平是好朋友？"她问我。

"嗯，是的。"此刻我不能再强调我和邢志平之间"萍水相逢"的那种关系，"我们在一起过了两个生日，他送过我一块玉石，我送过他一幅画。"我如实相告，有种不由自主的诚恳。尽管这看起来也并不特别，不过是两个成年男人之间的互相馈赠，一块石头，一幅画。但此刻我陈述出来，突然觉得自己就是在说着一段友谊。这本来是件说不清楚的事，两个陌生校友，无端地共同过起了生日，这种关系你很难界定，如果不是身临其境，谁都无法感同身受那种古怪的缘由。现在，我觉得我似乎让一件复杂的事情清晰起来了，我过滤掉了里面含混的部分，就像过滤掉了空气中的有害颗粒物，还有老褚所说的玩笑与恶作剧，让空气净化得只是空气本身。那么，不错，我和邢志平是好朋友。

"一幅画？"她盯着我看。

"嗯，我是个画画的，送画给人是我最大的诚意。"

"画了只猩猩？"

"是。"我有些吃惊。

"这画我见过，挂在邢志平的床头。"说完她立刻就意识到自己失言了。一个男人的床头，她是如何得见的呢？

我不动声色，为了减缓她的尴尬，我低下头喝着嘴边的咖啡，并不去看她。

过了半晌，她喃喃说道："他是个孤独的人。"

这还用说吗？我当然知道他是个孤独的人。否则他不会靠着翻看校友录来寻找到我这个可以和他共度生日的人。我还想起了那个似真似幻的夜晚，想起了我摸到的那一手的荒芜。我说："是的，所以他才偶尔来找我做伴儿。"我想，我肯定也是一个让邢志平满意的排遣对象，和我在一起，他不过只是需要面对一个酒鬼，并没有其他的麻烦。

"那么你也是一个孤独的人？"

"是吧。"我抬起头，不再回避她的眼睛，"谁又不孤独呢？"这句话有些挑衅，像是在反驳她。

她摆下头，头顶的波浪翻滚了一下。出其不意，她说出一句话："我有丈夫，也是同事，就在文学院做教授，讲古代汉语。"

这句话是什么意思呢？我不置可否地"哦"一声，问她："你从哪儿得到邢志平死讯的？"

"当时我在场。"

"在场？"

"也可以这么说。"她用两只手捂在咖啡杯上，像一个暖手的动作，"当时我刚刚从他家里出来。我走到楼下，没走出几步，就听到了身后的响声……"

"他摔下来了。能确定不是一个事故吗？"

"不会，他是自己跳下来的。十七楼，他不可能是爬出去擦玻璃。"

"为什么？"

"不知道。这也是我愿意和你聊聊的原因，我也想知道为什么。"

"你曾经是他的班主任。他最后一刻也是和你一起度过的，可能你比我掌握的情况要多一些。"

"老实说，对他，我并不是特别了解……"她的表达开始变得有些艰难，"甚至一度我都忘记了有过这么一个学生。我只隐约记得，当年上学的时候，他很腼腆，在我的记忆里，就是一个孩子。"

可这个孩子的床头，如今你去过。这句话我没说出口。"说说当天的情形吧，你们在一起发生什么了吗？"

"我们谈了一部书稿。"她抬头看我，神情平静，"是我的一部著作，就是为了出这本书，我才联系上他的。你知道，他是一个成功的书商。出书对我们是千辛万苦的事，对他却很容易。"

"你是说，就是为了出这本书，你才联系上了他这个学生？然后他突然跳楼了，你又负责为他料理后事？"

"最初的确是这样的。"

"最初？"我听出了她的破绽。

"好吧，"她吸了口气，眼睛望向窗外的雾霾，"我和他上床了。"说出后她显然是松弛了下来，看得出，这个秘密也压在她的心头。如今对我这样一个没有利害关系的人说出来，在她，可能也是一种释放。同时，她的态度在我看来，还有种"反正现在人已经死了"的解脱感。"但这里没有交易的成分。我不会为了出本书和人上床，他也不会那样为难自己曾经的老师。邢志平绝对不是一个邪恶的人。我找到他的时候，他刚刚大病初愈，整个人弱不禁风，毫无侵略性。对于我的请求，他很爽快地答应了下来。"她用指尖划着桌布，"我们在一起，不免会提及往事，说说当年的大学生活。那时候他极度脆弱，我想可能并不完全是身体的缘故。这些年他生活得很不愉快。大学毕业后，他被分配到了新闻出版局，这个机构，正是新闻出版行业的管理者。接下来时代发生了根本性的变化，他的上司辞职经商，鼓励他一起去奋斗。他从小就习惯于对权威者言听计从，这次也不例外，谁知道，就此却让他成了新阶层的一员。他们做书商，公司得天独厚，运作得相当顺利，在很短的时间里就积累了惊人的财富。但是这些，都没有给他带来快乐。"

我有些走神。她说的这些内容，不免让我比照起了自己的往事。在世俗意义上，邢志平的确是一个幸运儿。我们同一年在大学毕业，而那一年的夏天，我却只能流离失所，孤身一人逃难般地潜入了遥远的云贵高原。"他很幸运。"我说。

"是吧。那一年许多学生中的风云人物都走上了人生的颠簸之路，反倒是他这样与生俱来的温和者，不会卷进那样的飓风当中。他顺利地从大学毕业，分配到了相当不错的工作单位。可这些，都不是他自觉的选择。他不过是天性使然，不会去呼啸街头。"

"那么，他的生活还有什么不幸呢？"

"我想是因为他的婚姻。他的妻子，也是我的学生。他们绝对不是一个恰当的组合。"

"丁瞳吗？他的妻子是叫丁瞳吧。"我这么说，让自己显得和邢志平很熟。

"是她。丁瞳在大学时期就是热衷于风尚的女生。你知道，二十世纪八十年代是属于青年的。那个年代，一个诗人所享有的优待无与伦比。尤其还是一位青年诗人，那就更了不得了，大学里的师长都得对他们刮目相看。在这种风尚之下，丁瞳热烈追求的对象，是一位学生中的诗人。她很漂亮，有一部分俄罗斯的血统，这使得她能够在追求诗人的诸多对手中胜出。当年丁瞳的恋情，是中文系人人皆知的事情。可是最后，她却成了邢志平的妻子。"

她沉默下来，我不知道该怎样回应她。此刻我说什么，都会使她像是一个在数落情敌的女人。

"我这么说，不是在诋毁丁瞳。"她好像看出了我的心思，"她没有过错。对于一个年轻的女孩子来说，追逐时尚，又会有什么错呢？我只是想说，我觉得邢志平和丁瞳成为夫妻，是一个错误的选择。他从来就是置身于时风之外的人，不小心成了新时代的得益者，也完全是阴差阳错。而丁瞳选择他，无外乎是因为如今的风尚是以金钱来衡量一切了吧。他们之间的差异太大，注定不会幸福。"

差异太大？我想起了自己的跨国婚姻。我想，还会有比我这样差异更大的婚姻吗？那么，我幸福吗？不可避免，我的前妻此刻从记忆深处向我走来。她是我胸口永远的隐疾。"你认为仅仅因为婚姻的不幸，可以促使他走上自杀的路？"我必须回到当下的对话里，我不能被自己的回忆掠走。

"当然不。这可能只是一个背景。对于他的

死，我的确没有一个答案。你知道，他们已经离婚了。是的，这是因为我，我们被丁瞳撞到了。他们婚姻的后期，实际上已经分居多年，丁瞳带着孩子住在她父母家。但是那一天她突然回来，撞到了我们。是的，很尴尬。有些情绪我很难对人说明，我不是一个无耻的女人，但在邢志平这件事上，我却并不觉得自己如何败坏。"我点点头，认可她的说法。"对于邢志平，我有种无法形容的怜惜，我觉得他太孤独了。他那么虚弱，我们在一起时，他常常会把头埋在我的怀里放声恸哭。他就像一个溺水的人，而我，恰恰握住了他挣扎的手，我没有理由不把他打捞出来。"

"我想我能理解。"这只挣扎的手，似乎我也一度握住过，可我试图打捞过他吗？没有，我自己在很大程度上，也是个呼救者。我是个酒鬼，我求助的那个对象，不过是酒精。"但是，有了你的帮助，他最终还是死了。"我说。这有些残忍。

"是啊——"她的眼眶盈上了泪水。这让我对她顿生好感。她说："我们就是这样无能为力。我不知道自己忽略了什么，我是那么想要帮助他。他离了婚，财产和儿子都给了丁瞳，我以为他已经得到了解脱。"

"现在他得到了。"我说，"也许是病痛的折磨让他不堪忍受？"

"不是，对于肉体的疾病，他从来没有觉得是难以克服的。他这个人内心的负荷实在是太多了，转嫁在肉体上，曾经弄坏过他的肺，弄漏过他的胃，最后居然向他的乳房下了手。但这些都不足以彻底击垮他。实际上，他对身体疾患的态度反倒是乐观的，在医院里，他还积极去帮助经济困难的病友。"

"那么，他的死，还有其他的隐情。"

"一定是这样的。也许，丁瞳掌握着这个秘密，但是也许她永远不会说出来。今天的葬礼是我通知她的，她的反应你也看到了，很冷漠。"她显出了倦意，抬腕看看她的表。

我意识到时间不早了，提议和她一同吃午餐。她拒绝了，说还要回学校处理其他事情。于是我们告别，我留了她的电话号码。我打算继续在这里坐一坐。她对我说，咖啡馆提供简餐，我的午餐可以在这里吃。

她起身穿上大衣，把头发从大衣的领口翻出来。这个动作很美。走之前她突然问我："你给邢志平送的那幅画，是什么意思？"

我一时反应不过来，问她："怎么？"

她吸了口气，说句"没什么"，然后转身离开了。

我一个人坐在这家咖啡馆里，开始想那幅画。

我画了一只大猩猩和女人交媾的场景。女人翘臀而立，大猩猩在身后耀武扬威。邢志平说画面上是他此生目睹到的第一个性爱场景。这幅画挂在他的床头。有什么问题吗？我说过，如果不喜欢，我可以换一幅给他。他却断然否定说，不，他很喜欢。也许，这幅画对于死去的邢志平，具有某种谶语般的性质？我只能如此不着边际地猜测。

事到如今，我知道我已经陷入了这个死亡巨大的谜面之中。我想知道谜底。

我并不想吃饭，一点也不感到饥饿。我喊来了服务生，问这里有什么酒水。这里不是星巴克，但这个服务生却有着一种星巴克式的大牌劲儿。她几乎是用傲慢的口气对我说，他们这里是咖啡馆。

伍

咸亨酒馆的门锁着。它不会在这个时候开门的，我只是心存侥幸。

我只有回家去。在楼下，我照例又买了一瓶小糊涂仙，不过这次换成了一斤装的。我还买了两袋速冻饺子，打算饿了的时候煮着吃。回到家里，我打开了电脑，也打开了酒瓶。电脑里有一堆新邮件，乏善可陈，我选择性地回复了几封。就着瓶口喝酒，反而不是件容易的事，我找了只大号的马克杯，将酒全部倒了进去。一边喝，我一边在网上搜索束河的词条。

地理坐标：北纬26度55分，东经100度12分……

　　是的，那个时候，我叫它"绍坞"。这是纳西语，意为"高峰之下的村寨"。它是纳西先民在丽江坝子中最早的聚居地之一，是茶马古道上保存完好的重要集镇，也是纳西先民从农耕文明向商业文明过渡的活标本，是马帮活动形成的集镇建设的典范。——而那一年，它还是收留我这样一个逃亡者的庇护所。大学毕业的那个夏天，我在这里遇到了我的纳西族妻子。当时的我犹如丧家之犬。她和她的族人接纳了我。我们结婚了，一度过着平静的生活。其后时风骤变，我无法再忍受这"被人揪一把鸡鸡"的生活。我想离开，非但想离开高原，我还想走得更远。千辛万苦，我终于登上了飞跃太平洋的航班。在飞机上，我感到了恐惧。我想反悔，宁愿回到被人"拧一把鸡鸡"的日子里去。但我终究还是没有回头。

　　是真的没有回头。此后我去过欧洲，去过非

洲，最后停留在了太平洋西南部的那个岛国。在那里，我取得了国籍，隐瞒了曾经的婚姻，娶妻生子。

我刻意终止了和国内妻子的联系。也许，她认为我已经死在了异国。

她最初是位小学教师。我走的时候，她去了县里的图书馆做管理员。

这几年我回到国内，在国内卖画，用的都是假名。我从不出席画展开幕式这样的活动，只是怕会被拍下来，照片散布到网上去。印刷画册，我也从不配上照片。人们觉得这是一个艺术家的怪癖。不是的，这是阴暗，是罪。

我酗酒，在新西兰安定下来后就开始了。我知道，这是因为什么。我曾经将内心的秘密向神父坦白过。那是在戒酒者的团契里。从神父那里，我没有听到以前没听过的话，也没有听到什么自己觉得特别的道理。他说这是罪。我知道这是罪。他说当我向神坦白的那一刻起，我就获得了赦免。但是我没有找到这样的感觉。丝毫没有。于是我继续酗酒，喝得比以前更凶了。新西兰的妻子在最绝望的时刻，骂我是一头猪。于是我回国。我对她说，这是一头中国猪唯一能拯救自己的途径。我回来了，画卖得出奇的顺利，酒却一点也没少喝，还是一头猪。

我想过回束河去寻找自己的纳西族妻子。想过，但只是想过。我没有那种巨大的勇气。就像小戴给我听的那首歌里唱的一样，我曾经享用那位女子，被她庇护，在我最仓皇的时刻，是她拯救了我。而我对她，却是誓言说变就变。如今的束河，也不复当年。时代变了。这不仅仅是它已经不再被称为"绍坞"，不仅仅因为它如今成为了"艳遇圣地"。

我走了太多的路，如今好像走到了所有路的尽头。

　　这就是我现在想知道邢志平死因的根本动力。我想让这个人的死亡，给我提供出一个最终解决的参考。是的，在老褚的嘴里，我们是"这代人"。我们都曾经被迫逃离，后来我们也都貌似活得不错。可他成功地死了，我还没有。

　　我觉得有什么东西在我肚子里化开了。这种滋味我再熟悉不过，一般会在我喝下一斤左右的白酒后发生。然后我几乎是平滑地过渡到了咸亨酒馆的小包厢里。这个过程顺畅极了。我的脑子里没有从家中走到酒馆的记忆，就好像我从电脑前一转身，看到的就是酒馆老板那张满是旧伤疤的脸。

　　他看着我，少见地奉劝起我来。"不要再喝了，要不，顶多再喝一壶？"看到我摇头，他和我商量道，"两壶？"

　　我伸手将他在我眼前竖起的手指从两根掰成了
三根。

　　这是我记忆中最后的三根指头。

陆

"我不认识你。"她对我说。

"昨天在葬礼上我们见过。"我补充说，"我们还是校友。"

"你和邢志平很熟?"她扇动着很长的睫毛。

此刻我们坐在咖啡馆里，还是昨天的那一家。对于如今的兰城，我并不熟悉，所以，在电话里我脱口说出了这家咖啡馆的名字。她还是来了。对此我很欣慰。本来我并无把握。我想是我在电话中的语气敦促了她。我说：我必须和你谈谈。我如此蛮横，其实是由于酒精的缘故。今天早晨我突然醒来，意识如骤然扯开的幕布。我发现自己躺在小酒馆里。我的身下是几张拼起来的桌子，我的身上盖着一条薄毯。这对于我是个打击。无论如何，喝得不省人事，终究是如此的可耻。我感到彻骨的沮丧。摸出手机打给了老褚，用几乎是乖张的态度向他索要了丁瞳的电话。然后我打给了她。和她约定好见面的地点后，我起身离开了酒馆。已经是早晨十点了，我将酒馆的卷闸门拉好，这需要我蹲下去。再次站立起来的时候，我感到自己的信心突然流失殆尽。我几乎想要放弃下面的这个约会。这一切与我何干？不过是死了一个家伙。可这又能如何？空气依然阴霾，冬天依然寒冷，我依然被酒精撂倒，世界依然运转。

但我还是来了。回家换下一塌糊涂的衣服，我还是出门上了辆出租车。我的意识依然不能完全自主，心里有个声音喊左，行动却偏偏向右。

"是的，我们很熟。"我恍惚着回答她，"你知道吗？我和邢志平的生日是同一天。"

"哦？我不知道。没听他说起过。你想和我谈些什么？"她的态度有些生硬，这是难免的。此刻她眼前的这个陌生人，神情委顿，眉骨上还有一道结痂的新疤。这是昨晚留下的，具体的情景，我当然毫无记忆。

"我想知道邢志平为什么会跳楼。"迟钝的意识让我像一个儿童般坦率。

"我也不知道。你也许该去问问尚可。你们应该认识，昨天我看到你们上了同一辆车。"

"你恨她？"

"谁？"

"尚可。你撞到过他们在一起。"

"不只是'在一起'，我还看到了他们赤裸的睡姿。说实话，光着的尚可，睡姿可是不雅。"

"你很愤怒？"

"没有。我从卧室退出来了，坐在客厅的沙发里。后来邢志平光着身子出来，对他我没有任何过火的语言。"现在她也坐在我对面的沙发里，有着部分俄罗斯血统的那张脸上是种虚无的空洞。"有什么好说的呢？假如生活欺骗了你。"她说。

"这是句诗。"

"是的，普希金的。"

"你不恨自己的丈夫吗？"

"不恨。第三天下午，我们就去办理了离婚手续。他很诚恳，财产的百分之八十给我，儿子给我。他的态度不错。"

"爱他吗？或者，爱过他吗？"

"没有。"她犹豫了一下，改口说，"不知道，说不清。"

"大学时代，你爱过一位诗人。"

她看着我的那种目光，我要承认，美极了。那是一种天生的单纯和无辜，像传说中的小红帽。尽管，我知道，她也已经是一个四十多岁的女人了。

"是的，这不是什么秘密。"她说，"当年读过师大中文系的人都知道，尹彧是学生中的诗歌领袖。"

我在心里默念了一遍"尹彧"这个名字。我努力搜寻自己的记忆，却找不到相关的痕迹。但是看得出，当这个名字从嘴里说出的时候，她的脸色在一瞬间明媚，就像天空突然一亮。

"嗯，是的，很有名。"我只能如此说，我不想打乱谈话的节奏。

"邢志平也知道，当年我们三个人在校园里形影不离。"

"居然会是这样……"

"这不奇怪。尹彧当年被众星捧月，围着他转的人太多了，不分男女。邢志平对他最是崇拜，他甚至觉得自己的名字和尹彧相比都万分逊色。尹彧天生就该是个诗人的名字，而他，只能叫邢志平。"

"你瞧不起邢志平?"

"没有,他做过我的丈夫。我只是认为我们从本质上不是一类人。"

"那么为什么还要嫁给他?"

"命运使然吧。"她怅然地凝视着窗外。而窗外,不过是灰蒙蒙的粉尘与废气,对了,还有老褚所说的玩笑和恶作剧。

"我想听一听。"我对她提出儿童般的请求。

她看看我。这是个有着异族血统的中年女人,她身上有种我们鲜见的大方。"真的想听吗?"她问。

"是的,非常想。"

"好吧。"她喝了口咖啡,"人已经成了灰,说一说,对他也许是一个祭奠。"她不看我,看着窗外,"当年我们三个很要好,我和尹彧是公开的情侣,邢志平是尹彧的崇拜者。当时尹彧已经有相当数量的作品发表在各类文学杂志上。那个时代,一个青年诗人所受到的尊崇，顶得上十个教授。我没有想到，其实邢志平还暗恋着我。他可能自己也不能自察。尹彧的光芒太强大了，他不敢在内心里承认自己居然会觊觎尹彧的恋人。他所表现出的，在我看来，反倒是一种对于尹彧的恋人般的迷恋。有时候他看尹彧的眼神，都有种怀春般的光。"

我想起了那个夜晚自己在醉意之中领受过的抚摸。我当然知道人类一些非异性间的爱恋关系，这样的事情在世界艺术史中屡见不鲜，似乎许多伟大的天才都有这方面的倾向。但我想，卑微的邢志平，他哪里敢以天才自居？他从小就是循规蹈矩的乖孩子，那么，当他发现了自己的这种取向时，内心必然经历着常人难以想象的折磨。"邢志平不是个很勇敢的人。"我说。

"岂止是不勇敢。他很懦弱。那时我们都是诗人羽翼下的幼雏。"她用手势做了个比画，可能是想形容羽翼，但我没看出什么关联，"大学二年级暑假时，尹彧带着我们去考察黄河。徒步沿着黄河走一遭，对于尹彧是重温，他不仅具有文明的精神，更具有野蛮的体魄，而对我们，当然就成了考验。说是徒步，实际大多数路程是利用交通工具完成的。我们时而汽车，时而火车，颠簸着，途中选择一些不甚荒凉的地段步行。之所以采取了这种相对轻松的走法，尹彧是出于对我俩的照顾，他考虑到了我们的实际能力，如果是他只身行走，一定是完全靠两只脚来丈量大地。"我回忆起自己的当年。在那个夏天，我就几乎是徒步踏上了那条逃亡之路。"黄河远没有我们想象的宏大，然而，那个时候的邢志平，整个人的状态是趋于卑下的，能够这样走一遭，已经足以让他获得一份成就感了，甚至心里面还有了一股流离失所的诗意。"她说着，神情完全回到了过往的岁月。

"那个年代，旅馆的管理还是比较严格的。每次投宿，都是他们俩登记在一起，我独自住在另外的房间。这对我和尹彧来说，当然是个干扰。我们是恋人，有在一起的需要。在这个意义上讲，邢志平是个多余的人。他可能自己也有意识，时常会有种愧疚的情绪。"

"一个多余的人。"我重复了一遍她的这句话。

"是吧。这只是个事实。走到郑州时，邢志平目睹了我们两个人做爱的情景。"她咳嗽起来，用手捂着嘴。但我觉得这不是想掩饰什么，只是她的喉咙的确需要咳嗽。"那是一家条件还算不错的招待所。住下后，邢志平决定打个电话给他的父母。楼下的服务台有电话。一路上他没有和家里联系过。我想，那天他突然决定问候一下他的父母，可能是因为路程过半，他想向父母炫耀一下，也可能是他有意想给我们些时间。但是他却回来得飞快，不知道是出于什么心态，让我们猝不及防。"

　　这就是邢志平此生目睹到的第一个性爱场景。我能够对此展开想象。因为我在不经意中，让这个场景重现在我的画布上了。我描绘了一只体毛葳蕤的大猩猩。这可能的确让当年的那个诗人栩栩如生了。画布上的女人翘臀而立，内裤掉在脚面上。这可能也符合当年丁瞳为了抢时间的情景。这一切，都被邢志平撞到了。于是成为了他生命中的图腾。他把这个场景悬挂在自己的床头。画面中的两个角色，一个是他男性的仰慕者，一个是他女性的眷恋者。作为一个双性恋，他的内心，该如何的分裂？

　　"我尖叫了一声。邢志平连门都忘了替我们关上，像匹马似的撒腿就跑。后来他对我说，他在楼下撞翻了一个服务员，冲出了招待所，不遗余力地奔跑在烈日炎炎的郑州街头。他说有些东西脱离了身体，跑在了他的前面。他说，那个跑出了他身体的，可能就是他的灵魂。邢志平并不是一个善于奔跑的人，体育课上跑一千五百米，每次下来他整个人都会瘫掉。但这一次，他说他跑得轻松无比，驭风而行，甚至有了滑翔的快感，直到最后泪水呛进嗓子里，剧烈的咳嗽让他不得不停下，扶住路边的一棵树干哕起来。他对我说，他不知道泪水因何而来。他愿意把这看作是自己的成长。他已经二十岁了，他还是处男，但已经在被窝里偷偷地自慰过。那天，他看到了真实的性交，于是，就流出了眼泪。他说，这滑稽，但也庄严。"她转动着手中喝空了的咖啡杯，"是的，我并不讨厌邢志平，在许多时候，他都是一个值得被同情的人。"

我又替她要了杯咖啡。服务生送来搁在桌上后，我还向她手边推了推。

"就这样，怀着成长的心情，我们走到了甘肃。"她继续诉说，"我还记得，那是一个叫作'什川乡'

的地方。我们走在黄河边的石头上，身边是烈日下炫目的河水。空气亮得让人受不了。脚下的石头滚烫坚硬，对于我们的脚来说，如同刀刃。在被太阳晒得打颤的空气中，出现了两个当地的汉子。他们几乎是全裸着身体迎面而来。距离还十分遥远的时候，他们就打起了口哨，用方言凶巴巴地吆喝着。不祥的预感从我们的心里升起。我和邢志平都去眼巴巴地看尹彧。尹彧显然也感觉到了危险，脸阴沉着，不动声色地从裤兜里掏出一样东西，塞在邢志平手里。那是把匕首，阳光在刀刃上一闪，我立刻觉出了寒冷，皮肤在夏日凶狠的阳光下泛起一层鸡皮疙瘩。我想邢志平比我也好不到哪里去。我害怕地挤在他们中间，裙摆缠绕着他们的腿，好像成为了两个男人的牵绊，让大家走得跌跌撞撞。危险终于近在咫尺了。对方在我们的鼻子尖前面站住，完全没有绕开的可能。我们三个大学生，像《水浒》

里卖刀的杨志，遇到了躲避不开的麻烦。挑衅者中的一个响亮地说了句什么。我都没听明白意思，尹彧上去就是一拳。邢志平太紧张啦，之前的每一步行走，我想对他而言，都像是在拉着一张弓，弓弦已经满到了要绷裂的边缘。尹彧的这一拳，仿佛拉弓的那只手瞬间松开。邢志平神经质地猛然挥出了手中的匕首。我没有看到血，直到今天，我们都无法确定刺在了对方的什么部位，那个人只是哼的一声，像牛的低鸣。然后就是无尽的奔逃。我有一段时间失忆了，大脑一片空白。直到被阳光刺醒，我在突然之间恢复了意识。阳光迎面而来，像一把光芒四射的刀砍中了我的头。身边是已经跑到虚脱了的邢志平，他的脸比纸还白，两只眼睛像濒死的鱼一样向上翻着。我整个人都挂在他的胳膊上，轻如鸿毛。我们已经跑在了公路上，毫不犹豫地拦下了一辆长途客车，跳上去后，才发现尹彧不见了。"

"不见了？"

"是，我们只顾着自己跑了。但是我们别无选择。客车的终点是兰州，到达时，天一下子就黑了。那是我经历过的最黑暗的夜晚。也许是我们的心情太沉重。我们怎么能够不沉重呢？我们行了凶，魂飞魄散地逃遁，身在异乡，并且囊空如洗。邢志平出门前是带着钱的，他母亲还在电话里告诫他要把钱藏好，让他卷成卷，塞在内裤里。但是他把钱全交给了尹彧，这总比内裤安全得多吧？现在他母亲的警告应验了，他没有丢掉钱，却丢掉了尹彧——那个怀揣着我们所有钞票的人。更为严峻的是，这又岂是钱的问题？丢掉了尹彧，我们就丢掉了灵魂。我们蜷缩着走在陌生的城市里，谁也无力说出一句话。我们不知道自己从哪里来，不知道自己往哪里去，说得尖锐些，甚至不知道自己是谁。夜晚的天空下起了小雨。雨水加剧了我们的迷惘，并且很快就下大了。后来，我们像两个真正的乞丐一样，摸进了路边一根庞大的水泥管道里。"

我的酒意渐渐在散去。此刻的我，也已经回到了过往的那个年代里。我觉得她所说的，我一点都不陌生。那几乎也是我的青春。

"在管道里人是无法直立的，我们也无力直立，一进去就自然地躺下去。"她出神地盯着自己的咖啡，仿佛在凝视当年那根建筑材料的入口，"管道的弧度致使我们的身体必须部分地叠加在一起，缠缠绕绕。这都是宿命。后面发生的事情，我很难梳理出什么头绪，我甚至为此憎恨邢志平，我觉得他是假以命运的名义，和命运一道强暴了我。但当时的情形却截然相反，我没有丝毫被动的感觉，甚至我还是主动的。这只能让我在事后更加憎恨自己。我们窸窸窣窣地拥抱在一起。他似乎还很委屈。他没有任何经验，是我引导了他。在一个陌生的城市，在一个落荒而逃的夜晚，在一根宿命的水泥管道里，我趴在他的身上，却喃喃自语着发问：尹彧在哪里？"

"挺让人伤感的。"我开始为那种青春的憔悴而伤怀。

"那个时候，雨停了。管道外面漆黑的天际蹦出一颗很大很亮的星星。是啊，尹彧在哪里？我想那个时候，邢志平刚刚迈出了他人生重要的一步，暂时摆脱了尹彧对他的精神控制，所以他幡然醒悟，原来自己很早之前就爱上了我，只是这份爱，被尹彧的光辉硬邦邦地覆盖了。邢志平看看天上那颗钻石般的星星，再看看我，竟然背诵出当时一首流行歌曲的歌词：你的大眼睛，明亮又闪烁，仿佛天上星，是最亮的一颗！这是我对邢志平青春时代唯一清晰的抒情记忆，他不是一个诗人，但此刻他也有了讴歌的愿望。可是，这却令我更加无端地仇视他。我知道这没有道理，但我真的是百感交集。"

"他是无辜的。我觉得。"

"是的，但我无法自已。第二天，凭着我身上仅有的几块钱，邢志平和家里取得了联系。打电话时他哭出了声，这让我再也无法忍受，不禁勃然大怒，向他训斥道，哭什么哭？笨蛋！他受了惊吓，止住了哭声。可他越是这样，我对他，对我自己，越是厌弃。"

对于眼前的这个女人，我的认识开始改观，我想，她并非如尚可所说的那样，只是一个从大学时代起就追逐风尚的女人。

"他父亲一位在兰州的老友救济了我们，使我们得以返校。开学后不久，尹彧也安然无恙地回来了。他用平淡的口气交代了他的遭遇：被暴打了一顿，搜去了所有的财物，但他仍然坚持完成了既定的行程，然后就回来了。至于身无分文的他是如何克服困难的，个中细节，他不说，我们也不敢问。我们无法正视尹彧。我鄙视自己，也痛恨一切，认为自己是被一个诡诈的阴谋绑架了，是被命运拽着笔直地奔向了那根水泥管道。我遗弃了尹彧，背叛了爱情。这个想法让我痛苦万分。邢志平的状况更糟，他内心的挣扎干脆作用到了胃上，造成胃出血，几乎要了他的命。他被同学们七手八脚地抬进医院，送上手术台去开膛破肚。但大夫们的刀下错了地方，他们修补了邢志平的胃，却忽略了他的心，那里才是邢志平真正的病灶。这其间我怀上了尹彧的孩子，去医院堕胎，顺便到病房看邢志平，我们相对无言，彼此几乎是绝望地仇视着，但却又有种绝望的相濡以沫的滋味。"

看到我点烟，她也伸手要了一支，我俯身为她点上火。

"我们三个人仍然常常聚在一起。邢志平连我的手指都再也没有碰过。"

"他一定备受嫉妒之苦。"

"会吗? 我想不会。嫉妒这种事情, 是两个基本上对等的人之间才能发生的, 而邢志平, 对尹彧有的只是仰望, 他没有资格去嫉妒尹彧。他只是无法从脑子里根除可耻的念头。我们结婚后, 他告诉过我, 那段时候, 他一闭上眼睛, 就会不可逆转地想起我。有时候他臆想自己和我做爱, 有时候臆想尹彧和我做爱, 他在被窝里幻想着这一切, 内心的负罪感让他窒息。他无地自容, 不敢将自己弄脏的被褥晾晒在光天化日之下, 只有半干不干地睡在里面, 用自己的体温来烘烤。不断地剽窃着一个诗人的情人, 如此的罪恶, 怎么能是他那颗羸弱的心可以承受的呢?"

"他真孤独。"我想象着这一切。它几乎有种专属二十世纪八十年代的气息。我不知道, 今天的年轻人，是否还会有着如此的煎熬。

　　"是啊，真孤独。可是，谁又是不孤独的呢？"
她说。我想起来，昨天我和尚可也有过类似的对
话。"接下去，就是那个夏天了。尹彧这样的人必
定深陷那场事件。当尘埃落定，他便消失了。他离
开得干净利落，没有和任何人打招呼，没有缠绵悱
恻，他像一条真正的汉子，在一夜之间，连同他的
行李一起消失得无影无踪。也许这是他刻意谋求
的，在庸常之外游走，流浪，似乎就应当是一个诗
人的义务与本分。"

　　我战栗起来。我想对她说，不，这不是一个诗
人的义务与本分，我可以负责任地告诉她，逃亡之
路，不是游走，不是流浪。那毫无诗意。但是我没
有开口。

　　"尹彧像传说一样地消失了，我嫁给了邢志平。
这些都是宿命。可是我憎恨这样的宿命！它太不由

分说，几乎是连同着一整个时代在扭曲着我。我当然可以拒绝，但是我当然也没有拒绝。这一点恰恰是最令我痛恨的。我们言不由衷，身不由己，就是这样莫名其妙地被重塑着。我当然不甘心，我不恨邢志平，也没有轻视过他，实际上，在很多时候，还觉得我们同病相怜。我只是把说不出的无奈和怨愤，投射在了他的身上。尹彧消失后，我们谈了将近三年的恋爱，但都无法做爱，他照旧靠着手淫来安抚自己。我们结婚了，新婚夜里，邢志平依然不得要领。完事后，他嘴唇无声地嚅动了一下，说了一句我一时并不明白的话。过了一会儿，我也才意识到他嘀咕的大概是句什么话，必然是句什么话。这话当然是：尹彧在哪里？"

　　我想象他们的婚姻。想象他们每次做完爱，彼此的心中都会来上一句：尹彧在哪里？这句话，更像是对于一个睽违了的年代的盘问。他们是在喊自己的魂。这可能会成为一个规律，类似生理步骤，像前戏、高潮、平台期一样。而这，都是一个时代对于他们的馈赠。那是理想主义彻底终结后的余波。

"婚后邢志平并不愉快。他甚至变得有些暴躁。有一次，他母亲在电话里问他，我和他在一起时，是不是处女？当时我就在旁边，并不知道他被问到了这样的一个问题。他的反应令我震惊，他完全失控了，有生以来第一次做下了忤逆的事，居然向他的母亲反问道：你和我爸第一次性交时，是不是处女？从此以后，他母亲再也没有和他说过话。"她向后仰起头，"我分在一所中学做语文老师，他对我没有任何要求，虽然我完全称不上是一个合格的妻子。他能够容忍我的一切，因为，我曾经是一个诗人的情人。这一点，如今不会有人理解了。邢志平承担了所有的家务，做饭，洗衣服，打扫房间，还学会了缝被子。这样的生活没法不平静，因为邢志平从不制造麻烦。可是，婚后大概三年左右，他顺应了新潮流的方向，居然成了一个富人。这不是他的错，我知道。但是，就是这么鬼使神差。他成了一个富人，而我，却只能和整个时代、和他背道而驰。"

她再一次喝完了咖啡，放下时，杯子和小碟碰撞出空荡荡的声响。她睁大了眼睛，似乎被这意外的声音微微地惊吓住了。对于此刻的一切，对于正在进行的诉说，她显得费解极了。"我并不排斥金钱，甚至，我还有着极度的物欲。"她像是在自言自语，"我想过得体面，但我无法说服自己，让自己忘掉，我曾经是一位诗人的情人。我的确很分裂，很不幸，邢志平只能成为我这种分裂迁怒的对象。有钱了，他不免会显得阔绰，买大房子，买好车，为了讨好我，他常常给我买回来一些奢侈品，帽子都是几万块钱一顶的，他还替我出了一本诗集，但越是这样，我越是疯狂。我无法自控地越来越鄙视他，在一次盛怒中，高声骂他是一个麻木、庸俗的家伙，是一头在泥泞中快活地打着滚的猪，正是因为他这些猪的存在，挤占了这个世界，才使得诗意的栖居成了泡影。这个罪名当然是太大了，他无论如何承担不起，我也知道他实在是太委屈，但他只能在我这里成为肮脏世界的代言人。"

"一头猪，我妻子也这样骂过我。"我说，"也许你们骂得并不过分……"

她看看我，不置可否。"后来，儿子出生了。邢志平是一个好父亲。但我无能为力，我无法配合他，直到我目睹了他和尚可睡在一起。"

她停止了诉说。时间立刻显得冗长。我一时也不知道该说些什么，只能在心里想象离婚后邢志平的独居生活：一个人躲在自己巨大的豪宅里，宛如又回到了大学时代，臆想着丁瞳，臆想着尹彧，忧伤地抚慰着自己。如今社会上遍地都可以寻到色情交易的场所，以他优渥的条件，更是不会缺乏靓丽并且安全的性伴侣，但是他宁肯活在潮湿里。他一天天地苍白，日复一日地走向腐烂和霉变，活成了个谨慎的吸血鬼。他被自己彻底地戕害了。在最为难熬的日子里，他甚至冲动地跑到我的画室里来，动情地抚摸另一个同样孤独的肉体。他终究解放不了自己，他这个无辜而软弱的人，这个"弱阳性"的人，这个多余的人，替一个时代背负着谴责。在他的心里，尹彧和丁瞳的分量毫无缺损，像阴暗墙壁上发霉的水渍，历久弥新，他们是雌雄合体的偶像，他长久地降服在他们所代表着的那个时代的权柄里。

"尹彧呢？再也没有他的消息了吗？"我问。

丁瞳看着我，以一种决然的态度向我说道：

"他回来了，现在我们就在一起。"

尽管对此我似乎早有心理准备，但此刻被她果断地承认，还是令我大吃一惊。

"我想和他也谈一谈。"我尽量让自己的语气显得平和一些。

"他一会儿来接我。这要看他是否愿意。"

柒

我改了主意。不，我并不想喝酒，一点这样的欲望都没有。我只是突然间疲惫不堪。我站起来向她告别。她笔直地坐着，看来还要在这里坐下去，就像要永远坐在岁月里，等待那位诗人来接她。我喊来了服务生结账，问她需不需要再喝点什么。她说不需要了，平静地注视着我结完了账。我转身离开，她突然说道："你的生日快到了。"

　　我回头对她说："是的。那也是邢志平的生日。"

　　我走进街头的雾霾里。空气真的糟糕透了，让我想起在某本小说里读到过的句子：古往今来一直有人生活在烟尘之外，有人甚至可以穿过烟云或在烟云中停留以后走出烟云，丝毫不受烟尘味道或煤炭粉尘的影响，保持原来的生活节奏，保持他们那不属于这个世界的样子。但重要的不是生活在烟尘之外，而是生活在烟尘之中。因为只有生活在烟尘之中，呼吸像今天早晨这种雾蒙蒙的空气，才能认识问题的实质，才有可能去解决问题。大致就是这么个意思。古往今来，烟尘之中，不属于这个世界的样子，认识问题，解决问题。

　　我觉得我很脏，是那种真的很脏，从里到外都蒙着一层油脂般的污垢，那是煤烟与粉尘、玩笑与恶作剧的混合物。我钻进了街边一家很大的洗浴中心。现在快中午一点，这种地方此刻很冷清。大池子里的水应该是刚刚注满的，蒸腾着热气。我把自己扔进水里，像是一只渴望被煮熟的饺子。我在水里泡了很久，然后上来淋浴。洗浴中心提供自助餐，我穿着浴袍去吃了点东西。居然还有啤酒，但我一口都没喝。

随后我去了幽暗的休息大厅。出乎意料，这里睡着不少人。谁又能是不孤独的呢？外面是漫天的雾霾，孤独的人睡在幽暗的洗浴中心里。我找了一张空床躺下。服务生过来问我需不需要按摩。我说不需要。我很快就睡着了。

我做梦了，从梦中直挺挺地弹起来，充满疑惑地看着身边的环境，仿佛醒不过来似的，僵直在一片茫然中。在我的梦里，丁瞳和邢志平裸露着下身向我走来，他们的身后是高峰之下的村寨，炙热的阳光颤动着，在我的周围挤来挤去，波光一样地潋滟。他们一步步地向我走来，就像那个被否定了的逝去的年代，经过了非常漫长的岁月才站到了我的面前。我的眼中充盈着泪水，忘情地敞开胸怀去拥抱他们——我的兄弟，我的爱人。倏然，有一只手扬起，匕首像一道酷热的阳光向我劈来。

我看看表，已经是黄昏了。

手机响起来。我举在耳边接听。

一个男人对我说："我是尹彧。"我并不感到特别诧异。这不完全是因为我刚从梦中醒来。好像一切都在我的直觉里。"丁瞳说你想和人聊聊邢志平。"他说。

"是的。"

"我也想和人聊聊邢志平。"他说，"我们见一面吧。"

我给他说了咸亨酒馆，又大致说了说地理位置。

我向服务生要了杯热茶，喝下去后，我感觉自己好多了。

室外依然昏蒙。洒水车徒劳地向天空喷洒着水雾，这改变不了什么。我打算走着回去。一路上，我揣测着这天下的雾霾那个神秘的来源，保持着不变的步幅，保持着不属于这个世界的样子。

我走了大约有一个小时，我到了的时候，他还没到。

酒馆老板坐在他千年不变的老位子里，招呼我和他一起喝茶。

"没事吧，昨晚你突然就倒下了，我都以为你这就算是走到头儿了。"他用那把铁壶熬砖茶，替我倒了一杯。

"你看到了，我还没到头儿。"我把茶接过来，烫烫地喝了一口。

他笑出了声。"知道吗，我做拳击手的时候最喜欢什么？"他问我。

"一拳把人打飞。"

"不，不是。当然，那也很美妙。可我喜欢的，恰恰相反，反倒是一拳被人打飞时的滋味。"他的身子猛然向后一仰，"砰！就这样，眼前一亮，真的是一亮，然后什么都不知道了。人可能倒是没飞，把人打飞可没那么容易。但那滋味，就是飞了的意思，咔嚓一下，路就到头儿了，你一点预感都没有，说到头儿，就到头儿了。"

我打量他。他并不彪悍，以前是个轻量级的选手。他说我一点也不像个艺术家，我认为他也一点不像泰森。我想象着他在拳击台上一刹那被人揍晕时的样子。"真美妙啊。"我感慨。

"你别听他胡扯。"小戴过来了。"你还想听那首歌吗？"她问我。

"现在还不想。"我说。

"什么歌？"老板说，"你们还背着我听歌？"

小戴得意地眨眨眼，对我说："也是，这歌最好是喝了几杯后再听。我是说，有些歌，只能喝醉了听。"

这时候尹彧进来了。他在外面停车的时候，我已经隔着玻璃看到了他。我知道这就是那位诗人，没错的。他有一米八五那么高，体重可能在一百公斤左右，行动迟缓，留着蓬勃的连鬓胡子，脱光了，一定体毛葳蕤，宛如一只大猩猩。

"我朋友。"我对老板说了一声，起身坐进旁边的格档里，向走来的诗人招了招手。

他在我的对面坐下，一下子让空间显得逼仄起来。

"尹彧。"他向我介绍自己，同时伸出一只手来。

"刘晓东。"我们的手握在一起。我感觉是被什么包裹住了。

"我们是校友？"

"是的，我读的是美术系。"我的确想不起眼前的这个诗人，在尚可和丁瞳的嘴里，他是当年校园里的风云人物，是舍我其谁的主角，但是现在，我一点也想不起他了。时间真的如此威力巨大吗？真的可以让曾经的风起云涌不留一丝痕迹吗？我不知道。我问他喝酒吗，他说不喝，他早已经戒酒了。

这有些让我惊讶。而让我更惊讶的是，此刻我自己居然也毫无喝酒的愿望。我让小戴先帮我们沏一壶茶来。我不确定过一会儿自己会不会想喝酒。

"昨天我看到你了，在邢志平的葬礼上。你开着车。"我说。

他怔一怔，舔舔嘴唇上翘起的皮。"我很想跟他告个别，但你知道，我并不适合出现在那个场面里。"

"为什么？因为现在你和他的前妻在一起吗？"

"这当然是个原因。可也不全是。我和丁瞳在一起不是一天两天了，真要算起来，有二十多年了。我不是说因此我就有什么优先权，不是这种意思。"他的手攥成拳头，一下一下轻捶着桌面，手背上全是毛，"是我已经不习惯站在昔日师友的面前了。没人记得我了，我也不记得谁。"

"不习惯从主角变成了配角？"

他看我一眼，眼神是与体格不相称的软弱。"不是吧，我也不知道。"

"你对邢志平可能很重要。"我说，"当然，这是我的猜测。我猜邢志平活着的时候，你是他生命里一个重要的存在。也许，说成是偶像与禁忌都不为过。你在他心里代表着一个时代和一种价值观。"

"我不知道。"他用一只巴掌捂住桌面上的那只拳头。在我看来，既像是在按兵不动，又像是在蠢蠢欲动。"大学时期，我们的关系是很密切。我们彼此应当算是对方结识的第一位大学同学。"

我默默地听着，知道他要开始回忆了。

"我们去大学报到，恰巧乘坐的是同一辆火车。上车后我就注意到他了。他的父母在站台上给他送行，火车启动的一刹那，他突然抖起来。他抖得太凶了，隔着几排座位我都看得一清二楚。他就一直这样抖着，到了深夜都毫无睡意，像是发疟疾。他的身边坐了个很猥琐的男人，这个家伙在夜里蜷成一团，毫不客气地把脑袋枕在他的腿上睡觉。这成了邢志平的负担。因为他在发抖，尤其是两条腿，跳动着，膝盖撞着膝盖，好似在给某支曲子打着铿锵的节拍。可以看出来，他不愿意被人发现自己的颤抖，我觉得他对自己发抖的厌恶甚过对于那个男人肮脏的脑袋。他在竭力抑制，和自己做着绝望的搏斗，期望自己的腿稳如磐石，成为那颗肮脏脑袋舒适的枕头。但是这太艰苦了。好像跑了一个马拉松那么长的路，他的腿终于不再属于自己，它们脱离了他的约束，像是被弹弓发射出去一样的，骤然弹了起来。酣睡的男人受到了莫大的惊吓，嗷的一声蹦起来，惊魂甫定，指着邢志平便破口大骂，全是些令人咋舌的下流话。邢志平哭起来了，他无助极了。"

我能够想象那个男人的心情，在梦中被一只巨大的弹弓射中脑袋，发生这样的事，谁都会有点魂飞魄散。我也能够想象邢志平的委屈。他是温室里的花朵，第一次出门远行，世界便开始了对他的践踏与蹂躏。

"我实在看不下去了，过去一把推开了那个男人，喝问他欺负一个孩子算何本事。"他闷头闷脑地说，"可能是我当时的样子比较吓人吧，报到前我刚刚徒步沿着黄河浪迹了一圈，像是个野人。那个男人完全被我镇住了，狼狈地换到了另外的座位，这样我就和邢志平坐在了一起。"

一个彪形大汉，头发凌乱，胡子拉碴，身上还残留着一股浓烈的羁旅气息，仿佛电影里从前线溃败下来的国民党大兵。我想象着彼时的情景：他威猛地把一只脚踩在座位上，摆出一个非常够劲儿的姿势，像一个真正打抱不平的好汉那样。的确比较吓人。邢志平一定想不到，这条吓人的大汉，会是自己大学时代里的一位学友，并且，还将影响他的一生。我想，看到这条好汉的第一眼，邢志平的内心一定就萌生出了无边的好感。换了谁都会这样。这是救人于水火的英雄，给人以温暖的大哥。邢志平身体里那个唆使他发抖的家伙，也一定会奇迹般地在一瞬间烟消云散，仿佛哐的一声，被关在了黑屋子里。直到若干年后，经历了更多的纷乱与挫败，这条大汉永远地从邢志平的世界消失，那个在他身体里作祟的家伙，才像一朵邪恶的花儿那样，重新绽放，使邢志平不得不相信，只有这条大汉，才可以将其囚禁。

　　"我问他没事儿吧小兄弟，他又哭了起来。我只有揽住他的肩膀，把他抱在怀里。"他的拳头和巴掌上下互换了一下，现在是拳头压住巴掌，"在其后的旅途中，我们相互认识了对方。得知大家居然有着一个共同的目标——都是那所师范大学中文系的新生。他对此兴奋极了。我也很高兴，一路上给他背诵诗歌：啊，那个睡眠者没有任何谨慎的痕迹，睡着，然而却是在梦着，却是在发烧，他怎样沉浸其中，现在他是个胆怯的新人，他怎样被纠缠在内心活动那不断蔓延的髭须里……"

你见过一个生病的李逵背诵诗歌的样子吗？眼前的这条大汉这么做的时候，一下子焕发出某种光彩，变得有些让人不能抗拒。我不知道这是邢志平的幸运还是邢志平的不幸。他生命中第一次远行，就遭遇了一位诗人。在那个时候，这不啻是和一整个时代正面相遇。这完全出乎父母们的意料吧，他们的乖儿子，刚刚脱离了家庭的呵护，就钻进了另外一双翅膀之下，得到的是诗意的庇护，足以抵挡糟糕、恶劣的生活。当然，也足以在其后令自己的一生被毁掉。"你写的诗吗？"我问。

"不是，邢志平也以为是我的诗，其实不是，我跟他解释说是里尔克的。"

"但这已经无法动摇他对你的崇拜了。"毫无疑问，邢志平是一个单纯的少年，虚荣，怯懦，但也像所有的男孩子一样，渴望刚毅和力量。我想他太愿意去亲近一个像尹彧这样有男子汉气概的诗人，似乎这样就能够使自己也变得高大热烈。

"也许吧。总之随后的日子他就和我形影不离了。他总是躲在我的身后，以致有人说我是他的老爹。"

"他一直暗恋着丁瞳你知道吗？"

"知道，我看出了点迹象。但是那个时候的我，目光并不在这些儿女情长上，我有更大的视野。"他谨慎地笑了笑，"当然，现在看来，挺滑稽的。"

我看着眼前的这个人，努力将他与曾经的青年骄子联系在一起。但这几无可能，像是个天方夜谭。眼前的男人，体格依然硕大无朋，但说老实话，更像是一个被气吹起来的草包。从前的一切，都消失了，精，气，神。这是必然的。比如，现在的我。我想，在对方的眼里，如今的我，也不过是一张被酒精浸泡得发馊了的纸片儿。回不去了，我们都再也回不去了。"后来你又开始了漂泊。"我说，垂下头望着茶杯里的热气，不去看他。

"是的。那很难。"

真不错。他没有喋喋不休。他只是说"那很难"。这就足够了。我知道漂泊之路是怎么回事。我们都曾站在时代与时代交替的那个关口，世界骤然折叠，而我们，都不幸漂泊在了对折之下那道最尖锐的折口之中。是的，那很难。他没有更多的形容。更多的形容只会拉低我们曾经的那些艰难。我不可抑制地想起了我的纳西族妻子：我们遇到的那一刻，我觉得我已经走到了所有路的尽头……

小戴过来给我们添水，冲我鼓励般地笑笑。

"后来你又回来了。"我说。

"是的，回来了。我在南方做过生意，在新疆打过工，但是，都很难。"

"如果你成功了，还会回来吗？"

"没有这种假设。这一生，我注定失败。"

我觉得我一瞬间垮掉了，就是一拳被人打飞的滋味。这种滋味我很久都没有过了。所以我也不能确定。我只是喉头被什么狠狠地哽住。没有这种假设。这一生，我注定失败。这几乎是对一代人的宣判和指认。是的，我也回来了，在欧洲打过工，在非洲做过生意，但是，都很难。我回来了，画卖得不错。可我是个酒鬼。

"你回来了，对邢志平却是个干扰。"

"我不知道。也许是。可我无能为力。这个世界能够收留我的，似乎只有丁瞳了。"

"邢志平并不知道你的归来？"

"他可能不知道。其实我回来很久了，藏在不为人知的角落里。我和丁瞳在外面租了一间房子。"

这样就很清楚了。丁瞳对于邢志平那些激烈的否定，都有了具体的理由。"如今你们可以堂而皇之地在一起了。"我的口气并无调侃，我无法调侃眼前的这个人，调侃他，无疑就是对于我自己的贬斥。尽管，我们毫无荣耀可言，尽管，空气中都是玩笑和恶作剧。"邢志平几乎把所有财产都给了丁瞳，在经济上，你们也不会再有什么压力。"我只是陈述事实。我甚至期待着，他感到了羞辱，然后跳起来劈面给我一拳，砰地将我打飞，让我体验突然"到头儿"了的滋味。那也许真的很美妙。

但是他没有。"我们并不幸福。丁瞳也不幸福。"他说。

"为什么？"

"因为我们都已经不再有羞耻感。知道吗，邢志平曾经为丁瞳出过一本诗集。那本集子，其实是我的。现在看，它毫无意义。可对于这本肮脏的诗集，对于我们几乎是被施舍着的生活，我们已经毫无羞耻之感。"

没错，眼前的这条大汉，已经不会因为羞辱而对什么拔拳相向了。一切都呈现在眼前。我在两天之内，重温了一个时代，那些沸腾的往事。当然，我也重温了自己。那是一个大浪淘沙的图景。但无论是在风口浪尖上的尹彧，还是被裹挟着拍岸的邢志平，最终都被摔在了海之深处。我不想喝酒。一点也不想。

我和他作别。我们站起来的时候，他眉宇之间开朗了很多。也许这么说一说，对他也是件好事。

他开车离去。我独自回家。

回到家里我开始四处翻找。找了半天，我才意识到我是在找一块石头。那是块和田籽玉，是邢志平送我的生日礼物。但一无所获。我找不到了。

没有找到这块石头，我也并不感到格外沮丧。我打开了电脑。里面都是垃圾邮件。只有一封，是老褚发来的。他发来了一张照片。我用打印机打印下来。居然是那天葬礼时的情景，我当时并没发现有人在拍照。照片上送葬的一群人面容憔悴，可能是因为起得太早，空气太糟。大家分列几排，有种群像的味道。前排的丁瞳和尚可算是抹亮色。我的目光却落在那个孩子的身上。他是邢志平的儿子。在一种莫名的情绪下，我从桌上抓过一杆签字笔，在照片上这个孩子的脸上涂抹起来。

那张小脸渐渐地被我涂满了胡子楂。诗人的面孔渐渐显露，逐步惟妙惟肖地清晰起来，仿佛大猩猩，仿佛电影里从前线溃败下来的国民党大兵，仿佛幼年李逵。原来他就是这样一直潜伏在邢志平的生活里。一目了然，孩子不是邢志平的。当然，这是确凿无疑的罪。

那么，这是促使邢志平去死的根本动因吗？我想不是。邢志平是敏感至极的人，他不会很晚才发现这个事实。也许，他知道尹彧的归来，也许，那本诗集，他知道出自谁手。他就是这样在默默地忍受。也许，当知晓了所有这些不堪的事实后，这个失去了乳房，失去了财产，失去了老婆，失去了儿子的富人，只是开始瑟瑟发抖。他也许还会终于知道：那一年，自己第一次离家远行时无法遏制地颤抖的原因——那个家伙长久以来柔韧地蛰伏在他的心里，确凿无疑，不以人的主观意志为转移，它觊觎着，无时无刻不在伺机荼毒他的生活——那就是，一个人一无所有的，孤独。

也许，那一刻，突然间黄昏变得明亮，因为此刻正有细雨在落下。

我下楼去，买一瓶一斤装的小糊涂仙。

捌

今天是我的生日。

早晨醒来后我冲了凉水澡，很认真地刮了胡子，将房间里所有的垃圾收拾到一个硕大的垃圾袋里。我在电话中约了尚可，她让我去学校和她见面。还有最后的那个谜底——我想知道，什么才是压垮邢志平最后的那根稻草。

校园里的空气似乎好一些。有些学生依偎在冬天的枯树下。他们拥抱，他们接吻。

我们见面的地点是在一面湖的旁边。这面人工湖我上学的时候就有。尚可穿着一件咖啡色的羽绒服，显得有些臃肿。见面后，她问我："你还有什么想知道的？"

　　我没有回答她。我说："今天是邢志平的生日。"

　　她盯着我看了半天，一言不发。

　　"说说你们最后一次见面时的情景吧。"

　　"有问题吗？"

　　"没有。我只是想知道。"我说，"今天是邢志平的生日。"当然，这不是一个理由，可把它当成个理由，也说得过去。

　　"我们主要是讨论那部书稿。"

　　"做爱了？"

　　她深深地看我一眼。"你送他的那幅画，有魔力。"

　　"怎么说？"

　　"每次他都需要看着那幅画才能做爱。他的身体很差，几乎是一个完全丧失了欲望的人。但那幅画，是他的春药。"

　　我点点头。我知道那幅画对邢志平意味着什

么。那是他生命中启蒙的一刻。看着那幅画，他会想起那一年，他们跋涉，他们奔逃，他们流浪和游走，将之视为地理和精神意义上的双重突围；在对这幅画的注视下，他可以做回一个男人，可以判自己做一个卑下者的徒刑已经服满了。

"你们讨论的是部什么书稿？书名是什么？"我换了话题。

"《新时期中国诗歌回顾》。"她说，"他对这部书很感兴趣。按理说他只需要帮我出版了就行，但他拿到手后，却表示自己先要认真看一看。"

"他看了吗？"

"看了，很认真。"

"为什么？他依然迷恋诗歌？"

"我想不是。他只是迷恋那个时代。他想从这部书里找到尹彧的名字，但是我并没有把尹彧的诗收进来。"

"为什么不收?"

"没有个人情绪的因素。这是部学术著作,我懂得保持自己的客观。现在看来,尹彧当年的诗,的确不足以进入文学史。"

我有些呆愣,在心里体会着这个事实对于邢志平意味着什么。他的偶像,他的禁忌,居然被"新世纪"摒弃在了回顾之外。无影无踪。

"那天我们主要也是讨论的这个问题。他有些烦躁。他说他为此查阅了手头所有能够找到的关于那一时期的诗歌资料,居然无一例外地找不到尹彧。他说一定是我们搞错了,这个世界搞错了,尹彧不该消散在关于那个时代的所有记录里。"她从衣兜里摸出张卡片,下意识地在手里翻弄着。看了半天,我才认出这是那只骨灰盒的寄存卡。一只骨灰盒都有一份确据,而一个人却可以被记忆匿名。那么,谁来证明那些没有墓碑的过往和生命?"我不是很理解他的态度，在他眼里，似乎只有一个诗人，那就是尹彧。但是，他错了。"她说。

"你告诉邢志平他错了？"

"是，我觉得这是个常识。"

"他信任你，会承认你的判断。"

"也许是。"

"他是什么反应？"

"他笑了。"她眺望着结了一层薄冰的湖面，"当时我觉得他可能是接受了我的意见。我觉得没什么问题，我想不到几分钟后他就会从楼上跳下来。我一点预感都没有。那些天，天一直阴着，我走的时候，太阳出来了，房间里突然变得明亮。这一切，都让我感觉不到死亡的阴影。他为什么要这样？"

"因为他的世界破碎了，变得空空如也，就像他被剜除了的胸口。因为偶像与禁忌都已坍圮。因为，天空突然变得明亮。"我可能显得有些不知所云，但我只能如此了。

　　告别了尚可，我独自穿过母校离去。我的身旁是如今的大学生。他们拥抱，他们接吻。校园里的人工湖还在，树还在，就像能永恒不灭似的。但天下雾霾，曾经的年轻人不在了。路也变得陌生。我不知道是否能顺利地走出去。但我并不想惊扰身边的情侣们，让他们给我指明一个方向。

　　我想，所有的路，总会有个尽头。

　　今天算是我和邢志平共同的生日。我们差不多是前后脚来到了这个世界。我们都赶上了一个大时代。我们是两个陌生人，但我们是一代人。现在，他死了，我的路却还没走到头儿。当然没有。起码，对于这个世界，邢志平走到尽头的时候一无所欠。而我，还欠着一个巨大的交代。这不是双重国籍这样的事，没人追究，你就可以当自己是个良民。我时刻面临着审判。我跟神父告解过，但没用。我很羡慕那些异国的酒鬼们，他们只消把内心的脏水泼给他们的神就万事大吉。我却不行。我并没有得到赦免，我还没有权利去死。

我要去喝一杯，但愿小酒馆今天会破例在白天开门。

图书在版编目（CIP）数据

所有路的尽头／弋舟著 . -- 北京：作家出版社，
2021.3

（刘晓东系列）

ISBN 978 - 7 - 5212 - 0848 - 1

Ⅰ. ①所… Ⅱ. ①弋… Ⅲ. ①中篇小说 – 中国 –
当代 Ⅳ. ①I247.5

中国版本图书馆 CIP 数据核字（2019）第 288422 号

所有路的尽头

作　者：	弋　舟
责任编辑：	李宏伟　雷　容
插　画：	王　小
装帧设计：	任凌云
出版发行：	作家出版社有限公司

社　址：北京农展馆南里 10 号　　邮　编：100125

电话传真：86 - 10 - 65067186（发行中心及邮购部）
　　　　　 86 - 10 - 65004079（总编室）

E - mail: zuojia@zuojia. net. cn

http: // www. zuojiachubanshe. com

印　刷：北京盛通印刷股份有限公司

成品尺寸：120 × 200

字　数：52 千

印　张：4.875

版　次：2021 年 3 月第 1 版

印　次：2021 年 3 月第 1 次印刷

ISBN 978 - 7 - 5212 - 0848 - 1

定　价：50.00 元